SECRETS – Ewa, Phil & Lou

Marc B. Rey

Marc B. Rey

SECRETS

Ewa, Phil & Lou

Roman

SECRETS – Ewa, Phil & Lou

Copyright: © 2015 Marc B. Rey

2. Auflage 2016

Verlag Druckausgaben: tredition GmbH, Hamburg

Printed in Germany

ISBN Hardcover: 978-3-7323-6160-1

ISBN Softcover: 978-3-7323-6159-5

ISBN E-Book: 978-3-7375-7010-7

Buchsatz: Andrea Fritz, www.ebooktreibhaus.de

Bibliografische Information der Deutschen Nationalbibliothek: Die Deutsche Nationalbibliothek verzeichnet diese Publikation in der Deutschen Nationalbibliografie; detaillierte bibliografische Daten sind im Internet über

http://dnb.d-nb.de abrufbar.

Über den Autor

Marc B. Rey ist wohnhaft in Berlin,
Online-Redakteur und freier Autor
für Zeitungen.

Instagram: MMBREY

1. Kapitel: Der Tag, als …

Draußen trommelten die Regentropfen gegen sein Schlafzimmerfenster, als ob der Teufel persönlich sie jagen würde. Warum mussten Montage immer so grausam sein? Reichte es nicht, dass der Sommer schon wieder fast vorbei war? Er vergrub sein Gesicht unter dem Kissen, war noch nicht bereit, seine Augen zu öffnen. Dann spürte er warme Haut an einem Schenkel. Er tastete mit der Hand die nähere Umgebung ab. Doch alles, was er zu fassen bekam, war Bettwäsche. Plötzlich ein Büschel Haare in seiner Hand. Fühlten sich lang und lockig an. Er zog seine Hand wieder zurück, klappte das Kissen ein wenig nach oben. Die Haare schienen hell, irgendwie blond oder brünett. Schwer zu sagen bei diesem diffusen Licht und den kleinen Sehschlitzen, die mal seine Augen waren. Verdammter Whiskey, dachte er, sein Kopf fühlte sich an, als ob da oben gerade eine Bohrmaschine gnadenlos ihrer Arbeit nachginge.

War da gestern was? Eine Party? Oder hatte Matt, sein WG-Partner, mal wieder zwei Ladys abgeschleppt und eine dabei versehentlich in sein Bett geschubst? Es fiel ihm schwer, einen klaren Gedanken zu fassen, in seinem Kopf wummerte es noch immer wie verrückt. Phil rieb sich unter dem Kissen die Augen, schob es zur Seite, sah, wie eine Blondine sich von ihm wegdrehte, immer noch mit einem Halstuch um die Augen und diesem elektrischen Noppending an ihrem Finger. Ein neues Spielzeug, das Frauen innerhalb von wenigen Minuten abgehen ließ wie ein Torpedo. Langsam kam bei Phil die Erinnerung zurück, an ihr lautes Stöhnen, als er mit diesem Noppending ihr kleines Paradies massierte. Schien ja wohl doch was mit ihr letzte

Nacht gelaufen zu sein? In den vergangenen Wochen durchaus keine Selbstverständlichkeit. Knapp ein halbes Jahr traf er sie jetzt und zumindest er glaubte, dass sie irgendwie zusammen waren, wobei … mit Ewa war das so eine Sache … und beileibe keine einfache. Vielleicht wendete sich ja doch noch alles zum Guten? Wer wusste das schon an so einem Morgen. Was er aber wusste, als er sich noch mal die Augen rieb: Ihre Brüste waren definitiv der vegane Overkill. Wie sie so lässig dalagen, ihn mit knackigem Fleisch ungeniert zu beobachten schienen. Schon merkwürdig, dachte er, Ewa schlief noch tief und fest, aber ihre Nippel waren schon hellwach. Oder warum standen sie hart wie zwei kleine Soldaten Spalier, schlummerten nicht wie sonst in ihrer warmen Haut? Entweder sie gehörte zu den Frauen, die schon morgens vor dem Frühstück Lust auf Sex hatten und ihre harten Nippel überbrachten bloß die freudige Botschaft, oder aber ihr war kalt. Ein Blick auf seine Armbanduhr und er entschied sich für Variante zwei. Er zog ihr die Decke über die Brüste und setzte sich auf die Bettkante.

Schon zehn Uhr durch. Sein Boss schätzte Unpünktlichkeit überhaupt nicht. Spätestens um elf sollten alle an ihren Schreibtischen sitzen, um wieder neue Cyberspiele für die Spielsüchtigen dieser Welt zu kreieren. Um noch realere Helden, noch blutrünstigere Verfolgungsjagden als bei den letzten Versionen auf die Bildschirme zu zaubern. Immer komplizierterer Algorithmen, immer aufwändigere Bilder mussten her, und das bei mäßigem Salär.

Das mit elf Uhr galt natürlich nur für diejenigen, die wie Phil bloß fünf oder sechs Stunden hier arbeiteten, nicht wie die anderen bis spät in die Nacht, denn Phil besaß noch einen Zweitjob. In einem Übersetzungsbüro in Mitte war er für die Weiterleitung ankommender

Überseedokumente an die jeweiligen Übersetzer zuständig. Durchsehen, einscannen, weitermailen war der angenehmere, endlose Serienbriefe erstellen und an potentielle Neukunden rausschicken der nervigere Teil. Immerhin, Schreiben, das konnte er perfekt mit zehn Fingern, und Sprachen – jedenfalls solange es sich um Deutsch, Englisch oder Französisch handelte – gelangen ihm fließend. Kein Wunder, wenn die Mutter aus der Normandie, das Kindermädchen aus Hamburg und der Vater aus England stammten. Vätern und Söhnen wird ja bisweilen ein besonderes, durchaus kompliziertes Verhältnis nachgesagt. Phil und sein Erzeuger machten da keine Ausnahme. Wobei Mutter-Sohn-Verhältnisse auch ihre Marotten haben, mitunter noch prägender für Söhne sind, als Söhne dies im Allgemeinen für möglich hielten. Doch dazu später.

Sein Vater, Peter Terces, einst groß wie Phil, mit denselben unwiderstehlichen Highland-grünen Augen gesegnet, lag schon über fünf Jahre auf dem Zehlendorfer Friedhof, gestorben in den Armen seiner jungen Geliebten. Jedenfalls behauptete das die junge Geliebte, genauso wie den Großteil des väterlichen Erbes. Das übrigens ganz beträchtlich angewachsen war in den Jahren, als Phils Vater es bis zum Chef eines großen Pharmaunternehmens gebracht hatte. Immerhin blieb für Phil aus der Hinterlassenschaft noch ein angenehmes Sümmchen übrig, über das er jedoch erst mit vierzig voll verfügen durfte, was in frühestens acht Jahren der Fall war. Bis dahin gab es einmal im Jahr eine reduzierte Zinsausschüttung in Höhe von zehntausend Euro, die ihm schon manches Mal mächtig aus der Patsche geholfen hatte. Alles in allem kam der Tod seines Vaters zwar überraschend, achtundfünfzig war schließlich noch kein Alter, aber besonders lange dauerte Phils Trauer nun auch wieder nicht. Aber wer trauerte schon lange um einen, der seine Frau so oft betrogen hatte? Wenn sein Vater dann neben all den vielen Geschäftsreisen und Affären tatsächlich mal Zeit für seinen Sohn aufgebracht hatte, wusste er nichts mit ihm anzufangen. Mit seinem Sohn zu spielen, wäre ihm nie in den Sinn gekommen, dafür besaß er weder die Muße noch die Geduld. Meinte auf Bitten von Phils Mutter stets, dafür sei er nun wahrlich zu alt. Als Phil größer wurde, interessierten ihn die Wünsche seines Sohnes auch nicht. Und als Phil in die Pubertät kam, gab ihm sein Vater meist nur Schecks. Gekaufte Ruhe war noch das Charmanteste, was Phil dazu einfiel. Warum sich sein Vater so kalt, so abweisend verhielt, er wusste es nicht. Doch ehrlich gesagt war ihm das im Laufe der Jahre egal geworden. Er fand sich damit ab. Genauso wie seine Mutter. Einmal vor Jahren nahm sie ihren Sohn beiseite, meinte: »Mach dir nichts draus. Manche Menschen können eben nicht über ihren Schatten springen.«

»Was für ein Schatten?«

»Dein Vater wollte nie Kinder. Ließ sich nur aus Liebe zu mir überreden …«

»Wie hast du das angestellt, das mit dem Überreden?«

»Ich sagte: keine Kinder, kein Sex.«

»Vater hat das akzeptiert?«

»Er meinte: ›In Ordnung, aber nur ein Kind!‹«

»Du hast das geschluckt?«

»Zuerst nicht. Ich sagte: ›Kann aber sein, dass ich noch ein zweites möchte.‹ Worauf dein Vater meinte: ›Eins ist genug. Sonst bin ich weg.‹«

»Ihr habt also um mich gefeilscht?«

»Schlimm, nicht? Heute würde ich ihm sagen: Bitte, Reisende soll man nicht aufhalten. Aber damals ... ich war so verliebt in deinen Vater, dachte, wenn er erst mal sein erstes Kind in Armen hält, wird er schon anders darüber denken.«

Zwei Monate nach Peter Terces Beerdigung zog Phils Mutter, Amelie Terces, zurück nach Paris. Zurück in die Stadt der Liebe, die sie doch all die Jahre mehr vermisst hatte, als sie wahrhaben wollte. Seine Mutter war nicht sonderlich groß, ohne Absätze knapp über eins dreiundsechzig, ihre Figur leicht stämmiger Natur, was ihr die preußische Küche wohl einbrockte. Ihr Gesicht war dafür immer noch hübsch wie eine Rose, die nicht verblühen wollte, mit einem napoleonischen Blitzen in den Augen, das anderen stets vor Augen führte: Vorsicht, Napoleon gewann nicht umsonst so viele Schlachten. Schon wenige Wochen nach Ihrer Rückkehr fing sie in Paris wieder in ihrem alten Beruf als Augenärztin an. »Honi soit qui mal y pense!« Der Verkauf der Villa in Grunewald, die Phils Vater ihr hinterließ, brachte glücklicherweise so viel ein, dass sich Phils Mutter davon eine Praxis und eine dazugehörige Wohnung leisten konnte. Vor zwei Jahren beschloss sie dann, sich der Organisation Ärzte der Welt anzuschließen, kümmerte sich fortan aufopferungsvoll um das Augenlicht der Armen in der Welt. Mal in Afrika, mal in Indonesien, neuerdings wieder in Indien ... Wenn Phil und seine Mutter sich dreimal im Jahr trafen, war es viel. Doch dank Internet verschwand seine Mutter nie ganz von der Bildfläche, sie besaß ein äußerst bestimmendes Naturell. Alle zwei Wochen erhielt Phil von seiner Mutter eine E-Mail, die er jedes Mal brav beantworten musste. Manchmal hängte sie Fotos von sich mit an oder Zeitungsberichte aus der jeweiligen Region, in der sie gerade operierte. Die Berichte meist in Englisch, die E-Mails fast ausschließlich in Französisch, wobei sie immer wieder deutsche Sätze daruntermischte. Mindestens einmal jeden Monat sahen sich die beiden über ihre Bildschirme, chatteten per Skype. Sie fragte ihn dann meistens, ob er auch gesund sei, schon wieder eine neue Freundin habe, sich auch ja von Drogen fernhalte oder noch Geld brauche, sie wisse ja, wie das bei jungen Leuten in Berlin sei, hier verdienten ja die wenigsten gut genug. Wenn ihre Fürsorglichkeit Phil mal wieder zu sehr nervte, dann wechselte er das Thema, machte Scherze über ihr Aussehen. Wie sehr sie sich doch seit dem letzten Mal verändert habe. Wie müde sie heute aussehe. Sie gab ihm die Komplimente dann meist lächelnd mit der Bemerkung zurück, dass in seinem Fall das Ganze noch verwunderlicher sei, zumal ja dreißig Jahre zwischen ihnen beiden lägen und er mit Sicherheit keine Zwölf-Stunden-Schichten schiebe.

Er musste jetzt endlich aufstehen, auch wenn dieses blonde Geschöpf ihn gerade so anlächelte, dass man an alles denken konnte, bloß nicht ans Aufstehen. Ewa war Kunststudentin aus Warschau, die hier in Berlin drei Auslandssemester verbrachte. Kennengelernt hatte Phil sie vor knapp einem halben Jahr, weil Matt ihn damals unbedingt zu einer dieser Partys mitschleppen musste.

Matt war auch so ein Studiums-Söldner. Die ersten Jahre seines Studiums der Wirtschaftswissenschaften verbrachte er in Köln, dann ging's dank seines hellen Köpfchens und seines wohlhabenden Vaters für zwei Jahre nach London an die dortige School of Economics. Sein Staatsexamen schloss er mit eins ab. Bevor er seinen Doktor machen sollte, legte er allerdings – sehr zur Verwunderung seines

Vaters – ein Extrasemester in Barcelona ein. In Wahrheit ein kleines Sauf- und Drogensemester. Freunde hatten ihm dazu geraten. Er müsse auch mal leben, meinten sie. Seinem Vater präsentierte er für Barcelona ein Semesterstipendium der Adenauerstiftung. Würde sich gut in seinem Lebenslauf machen, meinte er, was seinen Vater schließlich beruhigte und Matt noch fünftausend Euro extra fürs teure Barcelona einbrachte. Wer hätte Matt die paar Monate Spaß verwehren wollen, hatte doch der gute Matt bisher fast nur gebüffelt, dutzende von Klausuren absolviert, unzählige Working-Papers großer amerikanischer Wissenschaftler durchgearbeitet, die unglaublichsten Formeln und Algorithmen gepaukt und dabei noch zahlreiche Wirtschaftskongresse für angehende High-Potentials besucht. Nur, um am Ende zwar gute Noten, dafür aber ein mehr als dürftiges Privatleben vorweisen zu können. Höchstens zwei oder drei Studentinnen hatte Matt in den vergangenen Jahren flachgelegt. Das auch nur, weil er sich mit ihnen nächtelang auf Sauftouren begeben hatte, ihre meist nur kurz geöffneten Schenkel der karge Lohn für seine anschließend oft tagelangen Kopfschmerzen waren. Barcelona tat ihm wirklich gut, wie er Phil einmal bei einem ihrer ersten Abende in Berlin gestand. Die Frauenquote schoss exponentiell nach oben, mit Alkohol und Drogen käme er jetzt auch deutlich besser zurecht. Nicht, dass wir uns falsch verstehen: Matt war kein unansehnlicher Kerl, den sich die Frauenwelt erst schönsaufen musste. Ganz im Gegenteil, er passte mit seinen eins zweiundachtzig lässig in Kleidergröße M, seine Haare waren kräftig und blondbraun wie bei einem kalifornischen Surferboy, dazu seine gepflegten Hände, sein charmantes Lächeln. Nein, Loser sahen anders aus, dachte Phil, wenn er Matt auf Partys beobachtete.

Was also war sein Problem? Er besaß einfach sehr exakte, manche würden sagen, übertriebene Vorstellungen von der künftigen Frau an seiner Seite. Sie sollte ehrlich, intelligent, auf jeden Fall mit Hochschulabschluss und dabei hübsch sein, aber bitte nicht allzu viel über eins siebzig – so entwickelt war sein Selbstbewusstsein größeren Frauen gegenüber nun auch wieder nicht –, sollte aus einem guten Stall stammen und einen ausgeprägtem Kinderwunsch haben. Hemmungslos devot im Bett fände er auch recht vorteilhaft, mit einem Satz: ein effizientes Luder.

Ob er denn glaube, dass es in Berlin viele Frauen dieser Sorte gebe, fragte Phil Matt dann eines Abends beim Italiener.

»Wenn nicht hier, wo sonst?«, bekam er zur Antwort. »Oder kennst du noch eine Stadt, wo es so viele Singles gibt und ständig neue dazukommen? Aus der ganzen Welt!«

»Schon, aber …«

»Wenn ich nach meiner Doktorarbeit hier immer noch solo bin, gibt's schließlich noch London, Paris oder New York. Typen wie ich sind doch auf der ganzen Welt gefragt.«

Womit er sicherlich Recht hatte, denn Wirtschaftswissenschaftler wie er waren mehr als begehrt, vor allem nach der großen Finanzkrise vor ein paar Jahren, die rund um den Globus wütete, die Menschheit Tausende von Milliarden Dollar kostete. Nicht nur Amerikaner, alle bekamen diese Gier einzelner zu spüren. Kredite für Häuser und andere Konsumgüter wurden auch außerhalb Amerikas knapp und teuer. Selbst Stiftungen und Hilfsorganisationen bekamen deutlich weniger Geld, Tausende von Firmen machten Pleite, Löhne und Gehälter sanken überall, Millionen wurden wieder mal arbeitslos. Es war, wie Matt meinte, nicht wie 1929 bei der großen Depression, aber in den Abgrund schauen mussten alle schon. Neue Konzepte, neue Instrumente, neue Regeln mussten her, wer außer uns, lachte Matt, sei dazu schon geistig im Stande. Vorausgesetzt, die Drogen und der Alkohol der letzten Jahre hatten bei Matt noch genügend funktionierende Gehirnzellen und Synapsen übrig gelassen. So zügig, wie Matt allerdings seine Doktorarbeit vorantrieb, trotz der vielen Ablenkungen, die Berlin ihm bot, bestand dazu aber durchaus Hoffnung ...

Plötzlich klingelte es an der Haustür. Phil, immer noch hundemüde, rief nach Matt, er solle mal nachschauen, weil er unter die Dusche müsse. Doch von Matt kam keine Antwort. »Maaatt ...«

Phil ging in Matts Zimmer. Doch Matts Kopfkissen und Bettdecke lagen akkurat gefaltet auf der Matratze ... Stimmt, Matt musste ja heute früh den Flieger nach Zürich kriegen. Irgend so ein bedeutender Professor aus den Staaten würde dort einen Vortrag halten, der wichtig für seine Doktorarbeit sei, meinte Matt noch gestern Abend zu ihm. Eins musste man Matt lassen: Er soff zwar inzwischen wie ein Schotte, doch wenn er am nächsten Tag fit sein musste, hatte er damit nicht das geringste Problem. Wie er das anstellte, war Phil ein Rätsel. Vielleicht seine holsteinischen Gene. Aber wer wusste das schon bei Matt?

»Ja, wer ist da?«

»C'est moi ... Louise, eure neue Mitbewohnerin ...« tönte es aus dem Klingellautsprecher.

»Welche Louise?«

»Wie?«

»Welche Louise?«

»Louise de Labussière, Easy-WG.de, Du erinnerst dich?«

Jetzt begriff er langsam. Er und Matt hatten letzten Monat beschlossen, das freie vierte Zimmer zunächst auf ein Jahr zu vermieten. Sollte die Kosten senken und ein bisschen Abwechslung in die Männer-WG bringen, dachten sie. Deshalb musste es auch eine Frau sein, am besten nicht über dreißig, gerne noch Studentin, Psychologie oder Medizin durchaus bevorzugt, wenn wir schon dabei waren, ein hübsches Äußeres dürfte die Entscheidung mit Sicherheit gewaltig vereinfachen. Was zunächst wie typisch chauvinistisches Wunschdenken klang, sich Mitbewohnerinnen nach solchen Kriterien auszusuchen, war am Ende doch die logisch darwinistische Konsequenz aus diesem Überangebot an E-Mail-Eingängen. Die beiden waren damals selbst überrascht, als bereits nach ein paar Minuten die ersten fünfzig Anfragen in ihr Postfach drängten. Sicher, ihre Wohnung war schön groß, hatte fast vier Meter hohe Decken, besaß noch dieses alte dunkle glänzende Parkett. Auch die Größe des inserierten Zimmers entsprach mit fünfundzwanzig Quadratmetern mehr als den üblichen Vorstellungen. Dass ihre Wohnung auch noch in einem beliebten Szenebezirk Berlins lag, schön und gut, aber mit so vielen Mails zu rechnen, grenzte schon an Größenwahn. Am Ende waren es fast dreihundert. Genauso wie die Menge an Euros, die die beiden für das Zimmer wollten.

Vielleicht hätten sie doch fünfhundert oder sechshundert verlangen sollen, meinte Matt. In Paris oder London verlangten sie schließlich schon für jedes Rattenloch tausend …

Am Ende überließ Phil es Matt, aus all den Hübschen eine auszusuchen. Matt dürfte sicher eine tolle Lösung finden, smart und effizient, wie er war. Wie effizient, sollte Phil allerdings erst später erfahren.

»Hey. Seitenflügel, dann vierter Stock. Ich lass die Tür offen, muss unter die Dusche ...«

»Aber ..., ich hab einen schweren Koffer. Könntest du bitte so nett sein, mir beim Tragen ...?«

»Schätzchen, das hier ist Berlin, nicht Paris. Besser, du gewöhnst dich gleich daran.«

»Soll das heißen, ich muss den schweren Koffer ganz alleine ...«

»Ja!«

»Merci, wirklich sehr freundlich.«

»Tut mir leid, aber ich hab's eilig.«

»Merde alors!«, hörte er sie noch fluchen.

Phil ging ins Bad, bekam erst kaltes, dann heißes, schließlich wieder viel zu kaltes Duschwasser ab. Nicht, weil dieses Kalt-Heiß-Duschen etwa seinen Kreislauf anregen sollte. Nein, weil der verdammte Vermieter bei der Renovierung auf einen getrennten Wasserkreislauf verzichtet hatte, dadurch das Wasser immer machte, was es wollte. Natürlich gab es einen Trick, diesem launigen Duschwasser zu entkommen: Man musste erst drei Minuten das Wasser laufen lassen, dann den Hebel mit Warmwasser auf halb, den mit Kaltwasser auf viertel stellen, und bekam so wenigstens knapp achtzehn Grad Wassertemperatur hin. Doch für diese Ökosauerei fehlte ihm heute Morgen die Zeit. Er war eh schon spät dran ...

»Phil, wo ist der Kaffee?«, tönte es von draußen. Es war Ewas Stimme. Sie musste wach geworden sein.

»Im Schrank neben dem Herd, oberstes Fach«, rief er zurück.

»Danke. Möchtest du Toast?«

Welchen Toast, dachte er. Rief dann aber »Ja« zurück. Wer weiß, vielleicht fand sie ja was zum Toasten und er bekäme für unterwegs noch was zwischen die Kiefer. Die Haare rubbelte er sich nur notdürftig trocken.

Er war gerade mit dem Badetuch auf dem Weg ins Schlafzimmer, als ihm das Tuch von den Hüften rutschte. Im nächsten Moment ging die Wohnungstür auf, ein gebückter Rücken mit langen dunklen Haaren kam herein. Dabei stachen Phil besonders die hautengen Jeans ins Auge, die beinahe den halben Hintern dieser Frau zur Ansicht freigaben, in der Mitte geteilt von einem hellblauen Stückchen Stoff, nicht viel breiter als ein Geschenkbändchen. Die junge Französin drehte sich um, nachdem sie den schweren Koffer über die Schwelle gewuchtet hatte. Sie riss die Augen auf, als sie Phil da so stehen sah, nackt, groß, wie Gott ihn schuf. Die dunklen Haare hingen ihm ins Gesicht. Die Wassertropfen auf seinem muskulösen Oberkörper rauschten hinab zu seinen Lenden und diesem Ding, das offenbar von Louises Hintern mächtig Notiz nahm, was nun auch Louise bemerkte, nur eben Phil nicht. Er starrte immer noch auf ihr Gesicht, auf diese vollen Lippen, diese leuchtenden Augen. Von ihren langen dunklen Haaren tropfte das Regenwasser unablässig auf das Parkett, ihre kurze, vor Wasser triefende Jacke stand den Haaren dabei in nichts nach. Sie musste geradewegs einem Berliner Wolkenbruch entkommen sein. An so was konnte er denken, aber dass er gerade dastand wie in einem zweitklassigen Pornomovie – der Hauptdarsteller wieder angeblasen, bereit zur nächsten Szene –, das bemerkte er nicht.

»Mathias, nehme ich an?«

»Nein, Phil.«

»Möchtest du nicht lieber dein Tuch umbinden oder begrüßt man in Berlin alle Neuankömmlinge so?«

Da erst kapierte er, dass er immer noch nackt vor Louise stand. Und auch noch mit dieser Halberektion. Phil wäre am liebsten im Boden versunken. Ging aber nicht. So bückte er sich, versuchte wenigstens das Badetuch aufzuheben, um seine missliche Lage zu beenden. Dabei rutschte er auf dem nassen Boden aus, fiel der Länge nach hin. Louise musste lachen, riskierte dabei aber einen Blick auf seinen Hintern.

»Pas mal.«

Im nächsten Moment kam Ewa aus der Küche. Das Gelächter dieser fremden Frauenstimme hatte sie angelockt.

»Phil, was ist … oh …« Dann musste auch Ewa lachen, während Louise verstummte, was sicher auch an Ewas Auftritt lag. Nur mit einem Slip und einem tief ausgeschnittenen Top bekleidet, stand sie da vor Louise.

»Hi, ich bin Ewa. Und du?«

»Ich …« Louise musste immer noch auf diese gewaltigen Brüste starren. Sie waren mindestens doppelt so groß wie ihre.

Für Pariser Verhältnisse besaß Louise zwar ein hübsches Dekolleté, immerhin trug sie ein kräftiges B-Körbchen, aber das hier … war mindestens D.

»Ich bin Louise.«

»Ist unsere neue Mitbewohnerin«, sagte Phil, der inzwischen aufgestanden war, sich das Badetuch umwickelte.

»Woher kommst du?«, wollte Ewa wissen.

»Aus der Stadt der Li…«

»Aus Paris. Verstehe. Und wie lange bleibst du?«

»Sechs Monate. Du wohnst auch hier?«

»Manchmal. Phil und ich … Wir hatten gestern wieder mal eine Nacht.«

»Und wie ist er so bei Nacht, dein Phil?«

»Möchtest du gern wissen, was?«, lachte Ewa.

»Wie wär's mit Kaffee?«, warf Phil ein, dem die Richtung der Unterhaltung nicht behagte. Wieder einer dieser Tage, die es von Gesetzes wegen einfach nicht geben dürfte, dachte er, während die zwei Frauen in die Küche gingen und er sich im Schlafzimmer umzog. Soll Ewa doch von gestern Nacht erzählen, allzu mies war seine Performance schließlich nicht, so wie sie auf ihm gestöhnt hatte. Er musste jetzt jedenfalls dringend verschwinden. Noch ein Schluck Kaffee, vielleicht noch ein Stück virtuelles Toast, heute Abend sieht man weiter.

»Dein Zimmer ist übrigens am Ende des Gangs. Bis heute Abend«, sagte Phil.

»Bekomme ich keinen Kuss zum Abschied?«, fragte Ewa.

»Klar. Mha. Ruf mich gegen sechzehn Uhr an!«

»Mach ich.«

»Ciao, ihr zwei …«

»Was machst du so?«, wollte Louise von Ewa wissen.

»Deine Fragen beantworten. Kunst studieren. Und du?«

»Medizinerin. Nehme an einem Forschungsprojekt teil, das mein Institut zusammen mit der Charité betreibt.«

»Hört sich cool an«, sagte Ewa.

Plötzlich stand Ewa auf, verließ die warme Küche, ging in Phils Zimmer. Sie hob ihre Bluse vom Boden auf, zog sie über, kehrte wieder zurück, fragte in schnippischem Unterton: »Besser so?«

»Was meinst du?«

»Dann musst du nicht ständig auf meine Dinger starren.«

»Ist ja auch schwer, sie nicht anzustarren.«

»Findest du? Stehst wohl auf Frauen, wie?«

»Ich? Wie kommst du denn darauf?«

»Hab irgendwie so das Gefühl. Wie du mich anschaust. Oder macht man das so in Paris?«

»Ich weiß nicht?«

»WIE, DU WEISST NICHT? Stehst du nun auf Muschis oder nicht?«

»Bist ganz schön direkt.«

»Das lernst du hier in Berlin. Hier sprechen sie nämlich nicht lange um den heißen Brei.«

»Heißen Brei?«

»Sagt man hier so, wenn man nicht so viele Worte machen soll. Hattest du jetzt mit einer Frau schon mal Sex oder nicht?«

»Ehrlich gesagt, ja.«

»Wusste ich's doch? Und wie war's?«

»Es war nicht so, wie du denkst, mit Beziehung und so.«

»Wie dann?«

»Hey, vielleicht sollten wir erst mal …«

»Komm schon, erzähl …«

»Du, geht mir irgendwie zu schnell. Wir kennen uns doch gar nicht …«

»Baby, wir sind hier in Berlin. Da ist das ganz normal. Na los … ich bin neugierig. «

»D'accord … Hab damals gerade 'ne Beziehung mit 'nem Typ beendet. Hat ziemlich wehgetan, das Ganze. Danach hatte ich von Männern so was von ralle bolle …«

»Wie?«

»Ich meinte, so was von die Schnauze voll … Dann war da dieser Abend. Eine ehemalige Kommilitonin hat mich dort hingeschleppt.

Wir waren sechs Frauen. Wir quatschten, wir tranken, was man halt so macht, bevor man um die Häuser zieht. Sagt man doch im Deutschen so, oder nicht?«

»Schätze, ja.«

Sie seien schon ganz gut angeheitert gewesen, fuhr Louise fort, als plötzlich die Gastgeberin eine DVD in ihren Laptop steckte, meinte, sie sollten sich das kleine Filmchen ruhig mal anschauen. Vielleicht brächte es ihnen ja neue Einsichten. Louise schaute daraufhin Béatrice an, doch die lachte nur: ›… Keine Sorge, ist kein Horrorfilm, aber sehr lecker …‹

Was die beiden dann zu sehen bekamen, war ein Pornofilm, in dem es vier Frauen wild miteinander trieben, sich gegenseitig leckten oder sich mit Strap-on … vögelten.

»Mit was?«

»Umschnalldildos«

»Warst du geschockt?«

»Geschockt ist vielleicht das falsche Wort. Aber ich war ziemlich nervös. Ich kannte ja nur Béatrice. Die anderen Frauen waren alle schon über dreißig. Starrten uns ständig an. Dann dieser Film, dieses laute Stöhnen. Ich bekam auf einmal das Gefühl, alle warteten nur auf mich, bis sie anfangen konnten.«

»Und?«

»Ob wir alle Sex miteinander hatten an diesem Abend?«

»Ja!«

»Hatten wir. Erst küssten sie nur unseren Hals, aber als Béatrice anfing zu stöhnen, zogen sie uns beide langsam aus. Ich weiß nicht, ob es nur der viele Alkohol war, aber als ich sah, was sie mit Béa trieben, sie immer lauter zum Stöhnen brachten, da ließ ich irgendwann auch alles mit mir geschehen. Schon verrückt, was? Als ob es das Normalste auf der Welt ist, von zwei Frauen gleichzeitig gefingert und geleckt zu werden.«

»Wolltest du oder konntest du dich nicht wehren? Glaubst du, sie haben euch etwas in die Drinks getan?«

»Daran dachte ich auch. Ich glaube, sie haben uns einfach nur geil gemacht. Es war wirklich verdammt …«

»Was? Wieso hörst du auf? Komm schon, nicht schlappmachen.«

»Ich weiß nicht. Ich habe das wirklich noch niemandem erzählt.«

»Wenn du weitererzählst, verrate ich dir auch nachher ein Geheimnis, versprochen?«

»Na gut …«

Als sie alle nackt aus dem Bad kamen, wobei nicht mal Zeit blieb, sich abzutrocknen, legte die Gastgeberin drei dieser Umschnalldildos auf den Tisch, meinte zu den beiden: ›Jetzt darf jede ficken! Du, Louise, darfst anfangen. Béatrice freut sich bestimmt schon auf deine Stöße.‹

Béatrice schaute Louise an, nickte. Louise schnallte das Ding um, fing an, Béatrice vorsichtig von hinten in ihre Muschi zu ficken. Doch Béa schrie nur: ›Fick mich fester!‹ Dann kniete sich die Gastgeberin plötzlich hinter Louise, tat das gleiche mit ihr. Dieses Luder von Gastgeberin machte das nicht zum ersten Mal. Sie schlug auf Louises Hintern, drückte ihr den Gummischwanz gleich ziemlich tief hinein. Aber es tat merkwürdigerweise überhaupt nicht weh, meinte Louise. Nicht so wie bei Männern manchmal, wenn sie gleich loslegen, nicht warten können. Aber durch das Lecken waren Béatrice und Louise so heiß geworden, die hätten die beiden mit allem vögeln können.

»Die anderen? Haben die auch?«

»Glaubst du, die aßen Chips? Jedenfalls rief dann die Gastgeberin irgendwann: ›Wenn ihr wechseln wollt, dann benutzt aber die Kondome da, wir wollen ja schließlich nicht, dass eine von euch nachher Probleme bekommt …‹«

»Ihr habt gewechselt?«

»Klar, war doch jetzt eh schon egal. Außerdem wollte ich jetzt mehr.«

»Du meinst, wie sich die anderen von dir ficken lassen oder wie sie dich ficken?«

»Oui. Aber das Schärfste kommt noch.«

»Das Schärfste? Ja, was denn noch. Ich bin Polin, du weißt, was das heißt?«

»Doch nicht etwa strenggläubige Katholikin?«

»Vielleicht nicht strenggläubig. Aber allein, dass ich dir zuhöre, macht mich bei uns schon zur Sünderin.«

»Übertreib nicht. Hast du denn noch nie mit einer Frau …?«

»Geküsst mal auf einer Party. Aber mehr war da nicht. Kein Lecken und bestimmt kein Ficken. Aber …«, sagte Ewa und verstummte plötzlich.

»Was?«

»Nachher. Du warst noch nicht fertig. Was war jetzt das Schärfste?«

»Bitte, wie du willst. Aber mach mir dann keine Vorwürfe von wegen, wegen dir darf ich jetzt Rosenkränze beten.«

»Ha, ha. Erzähl schon!«

»Die Gastgeberin, also Madlène, war verrückt auf meinen Hintern. Sie zog immer wieder den Dildo aus mir, fing an, meinen Hintern zu lecken …«

»Du meinst, auch da?«

»Ja, auch da. Ich dachte, ich halte das nicht mehr aus. Dann fragte sie auf einmal: ›Bist du schon mal in den Arsch gefickt worden? Ich meine, von einem Mann?‹«

»Bist du?«

»Nein, ich fand das immer irgendwie … du weißt schon. Jedenfalls Madlène richtete sich auf und schrie: ›Habt ihr gehört: eine Jungfrau, wie schön. Du wirst viel Spaß haben, meine Liebe …‹«

»Du meinst, du hast dich wirklich von ihr in deinen Arsch …?«

»Mein Gott, nun schau doch nicht so. Solltest du wirklich auch mal probieren. Wenn man's richtig macht, ist es wirklich total ge… Wieso lachst du?«

»Musste nur gerade daran denken, was ich heute Mittag noch vor mir habe.«

»Versteh ich nicht?!«, sagte Louise.

»Na, mein Geheimnis. Das Date mit einer Professionellen.«

»Mit einem Callgirl?«

»Ganz recht. Ich habe sie mir im Internet ausgesucht. Sie ist wirklich sehr hübsch, steht total auf Frauen. Jedenfalls sagte das die Hausdame gestern am Telefon. Sie sei ganz wild auf Analsex und devote Spielchen mit Pärchen, aber am liebsten mit Frauen … Vor allem, wenn sie jünger sind als sie.«

»Wie alt ist sie?«, wollte Louise wissen.

»Die Hausdame meint, siebenundzwanzig.«

»Wie alt bist du?«

»Fünf Jahre jünger. Du?«

»Neunundzwanzig.«

»Echt jetzt. Siehst aber viel jünger aus. Hätte dich höchstens auf mein Alter geschätzt«, sagte Ewa.

»Was kostet der Spaß?«

»Normalerweise hundertfünfzig Euro die Stunde. Für Studentinnen kostest es aber nur halb soviel. Weiß, immer noch recht viel, aber was tut man nicht alles für neue Erfahrungen.«

»Bist sicher aufgeregt, immerhin dein erstes Mal mit 'ner Frau?«

»Tak. Sag mal, du denkst aber nicht, dass ich danach keine Lust mehr auf Männer habe, oder?«

»Glaube ich nicht, aber es ist danach anders. Jedenfalls war's bei mir so. Du kannst dann eben vergleichen.«

»Du meinst, wer besser leckt? Oder wie sich die Stöße von Frauen anfühlen?«

»Es geht nicht um besser oder schlechter. Es geht um die andere Art der Beherrschung?«

»Die andere Art der Beherrschung?«

»Männer packen dich oft härter an, besteigen dich wie eine Stute, lecken dich, um dich gefügig zu machen, wollen dich als devote Schlampe im Bett. Gut, vielleicht nicht alle, aber …«

»Diese Madlène war ja auch nicht gerade zimperlich bei dir. Glaubst du nicht, wenn ein bestimmter Punkt an Geilheit überschritten ist, egal ob bei Männern oder Frauen, dass sich dann keiner mehr beherrschen kann?«

»Mag sein. Es ist nur, Frauen kennen eben im Allgemeinen ihren Körper besser. Wissen, wie sie sich schnell auf Touren bringen. Hatte mal vor zwei Jahren einen Typen, der hat überall nur gesaugt wie ein Baby. Als ich mich dann um sein Ding kümmern wollte, war nach zwei Minuten schon alles …«

»Ich weiß, was du meinst. Wobei, das mit dem Lecken kann man ihnen ja beibringen, aber dass sie immer so früh kommen müssen, ist wirklich shit …«

»Dabei ist es doch so simpel. Typen müssen einfach öfters mit sich selbst spielen, den Punkt mitkriegen, bevor ihnen der Saft hochsteigt, … damit wir länger Spaß haben«, sagte Louise.

»Du sagst es. Wobei, Phil hat das ganz gut drauf. Mir wird schon wieder ganz heiß, wenn ich an letzte Nacht denke. Was ich dich … Hättest du Lust, mit mir …?«

»Du willst mir jetzt aber nicht einen Dreier mit dir und deinem Phil vorschlagen? Das vergiss mal wieder gleich. Ich werde hier ein paar Monate wohnen, mehr nicht!«

»Das meinte ich nicht. Wollte fragen, ob du mit mir heute Mittag mitkommst …?«

»Das ist jetzt nicht dein Ernst. War wohl keine so gute Idee, das mit meiner Beichte gerade eben. Weiß wirklich nicht, was mich da geritten hat.«

Ewa stand plötzlich auf, ging die paar Schritte um den Tisch, setzte sich anschließend breitbeinig auf Louises Schoß. Dann zog sie die überraschte Louise zu sich heran, gab ihr einen Kuss auf den Mund. »Ich dachte, du stehst ein bisschen auf mich«, lachte Ewa. »Ich muss zugeben, du hast was an dir, was mich anmacht. Eine Idee?«

»Vielleicht sollten wir beide uns wieder ein bisschen beruhigen«, sagte Louise mit trockener Stimme, schubste Ewa dezent von sich. »Hast du heute schon was anderes vor? Doch nicht Charité?«

»Nein, erst morgen …, aber ich sagte bereits …«

»Du könntest mich wenigstens dort hinbegleiten. Sei kein Katzenfuß.«

»Das heißt Hasenfuß.«

»Woher weißt du das? Lernt man das in Paris in der Schule?«

»Schön wär's. Nein, ich hatte vor ein paar Sommern einen deutschen Freund. Der war Freeclimber. Wollte immer, dass ich mitkomme.«

»Bist du?«

»Ein Mal. Aber mit Seil. War trotzdem die Hölle.«

»Siehst du. Du bist doch kein Hasenfuß. Jetzt tu mir halt den Gefallen?«

»Du gibst nicht auf, wie? Aber nur bis zur Tür. Sag mal, gibt es hier eigentlich noch was anderes zu essen als diese Brotkrümel? Ich sterbe vor Hunger.«

»Männerwirtschaft, was willst du machen. Aber Phil erzählst du bitte nichts von meinem Nachmittag. Sonst bekommt der Arme am Ende noch Probleme mit seinem guten Stück. Männer sind da ja manchmal sehr empfindlich, habe ich gehört. Kriegen dann keinen mehr hoch, wenn sie wissen, dass ihre Freundinnen es auch mit Frauen treiben. Das wäre doch schade bei Phil, bei seinem schönen Schwanz.«

Louise grinste: »Versprochen. Meine Lippen bleiben versiegelt.« Dachte aber: dieses kleine Miststück. Wobei klein durchaus wörtlich zu nehmen war. Ewa war höchstens eins fünfundsechzig, während Louise gut eins fünfundsiebzig maß. Aber ihr Hintern sah wirklich niedlich aus in ihren engen Jeans, dachte Louise. Diese herrlichen Brüste, die sich unter ihrer weißen Bluse abzeichneten, dann diese sinnlichen Lippen. Sie sah wirklich zum Anbeißen aus. Verdammt! Du wirst doch nicht? Nein, nur bis zur Tür. Schließlich bist du ja nicht lesbisch, nur weil du mal so einen verrückten Abend erlebt hast. Du … stehst ja wohl nach wie vor auf Jungs, oder? Du … bist eben zurzeit nur ein bisschen irritiert. Wer wäre das nicht bei dieser Ewa. Bleib ganz … wie sagen die Deutschen immer? Bleib ganz locker. Genau!

Während sich Louise im Bad die nassen Haare trockenföhnte, deckte Ewa den Tisch ab. Ging anschließend in Phils Zimmer, machte das

Bett. Sie mochte zwar ein kleines Miststück sein, aber Unordnung war ihr ein Graus.

Wenig später zogen sie ihre Jacken an, schnappten sich ihre Handtaschen, Ewa noch einen großen Regenschirm, machten sich anschließend auf in Richtung Chorinerstraße. Ewa kannte dort ein kleines Café mit herrlich frischen Croissants, selbst gemachter Erdbeermarmelade und dem, wie sie meinte, besten Milchkaffee der Stadt.

Einige hundert Meter weiter an Phils Arbeitsplatz gab's gerade auch Kaffee. Nicht mit Milch, dafür schwarz. Nicht in einer großen Porzellantasse, dafür in einem kleinen Pappbecher. Keine ofenwarmen Croissants, dafür ein paar Schoko-Cracker mit Gummibärchen, die in einer Schale neben seinem Mac lagen. Das zuckrige Zeugs und der starke Kaffee beflügelten seine müden Gedanken. Der Algorithmus, über dem er schon seit Tagen brütete, brauchte jegliche Unterstützung. Schließlich sollte das neue Spiel Ende des Monats in einer Demoversion fertig sein, damit sie es auf der großen Messe präsentieren konnten. Gut, dachte er, dass er heute Abend nicht auch noch bei der *Translate GmbH* arbeiten musste. Dreimal die Woche reichte voll. Nachher um vier noch unbedingt eine Currywurst mit Pommes an der Eberswalder einwerfen, dachte er. Die vegetarischen Mittagessen in seiner Firmenkantine schmeckten zwar ganz gut, machten aber nicht satt. Die Nacht mit Ewa hatte auch ganz schön an seinen Kräften gezehrt. Nicht zu vergessen die Sauftour am Wochenende mit Matt und seinen Londoner Kommilitonen. Er würde heute früh ins Bett gehen, vielleicht davor noch ein bisschen *The Avener* oder *Alekesam* hören …

Die zwei jungen Frauen wurden dafür gerade von *Generationals* mit *I never know* beschallt. Ewa tauchte genüsslich ihr Croissant im Milchkaffee ein, während Louise anfing, von Paris zu erzählen. Warum sie bisher so oft an Typen geraten war, die Frauen als Trophäen gesammelt und nebenbei immer noch was am Laufen gehabt hatten, war ihr ein Rätsel. Dabei lebten ihre Eltern schon lange in einer glücklichen Ehe, in der immer viel geredet, viel gelacht wurde, in der es keine Geheimnisse gab, in der jeder dem anderen vertraute. Wo doch heute wissenschaftlich belegt sei, dass harmonisch vorgelebte Beziehungen der Eltern die Kinder stärker als bisher angenommen in ihrem eigenen Paarverhalten beeinflussten. Doch bei ihr sei da wohl was schiefgelaufen. Die längste Beziehung, von der sie sagen konnte, da gab es wenigstens gute Ansätze für ein längeres gemeinsames Glück, dauerte gerade mal drei Jahre. Da war sie aber noch ein Küken, so mit achtzehn. Danach waren's mal Monate, dann bloß wieder Wochen, zuletzt aber immerhin ein Jahr. Das war diese Geschichte, die sie vor Berlin beenden musste, weil sie mitbekommen hatte, dass er immer noch an seiner Ex hing, ständig hin- und hergerissen war.

»Selbst rausgefunden oder hat er's dir gestanden?«

»Gebeichtet. Mal eben so … beim Abendessen.«

»Vielleicht hätte er das mal lieber bleiben lassen sollen, das mit dem Beichten«, sagte Ewa.

»Warum?«

»Gerade, wenn man hin- und hergerissen ist, sollte man wenigstens vor der Freundin schweigen …«

»Es vor mir geheim zu halten wäre besser gewesen?«

»Ein paar Geheimnisse tun jeder Beziehung gut. Für mich sind

Geheimnisse weniger eine Frage von Nähe und Distanz, vielmehr von Abhängigkeit und Unabhängigkeit.«

»Von Abhängigkeit und Unabhängigkeit?«

»Geheimnisse vor meinem Freund zu haben, bedeutet ja nicht automatisch, dass wir uns nicht nahestehen. Ich muss eben bloß unterscheiden zwischen dem, was wichtig für die Beziehung, und dem, was wichtig für mich selbst ist.«

»Du glaubst, Geheimnisse in einer Beziehung sind wichtig, weil sie Schutz bieten. Damit wir nicht so leicht verletzt werden. Aber das würde ja bedeuten, dass wir uns in einer Beziehung vor dem anderen schützen müssen. Eine merkwürdige Vorstellung von Liebe, findest du nicht?«

»Warum? Hast du dich denn nie gefragt, warum Liebe und Hass so eng beieinanderliegen? Liebe bedeutet nun mal größtmögliches Verletzungspotential. Natürlich gibt es schlechte Geheimnisse, die einer Beziehung schaden können, aber es gibt auch gute, die eine Beziehung nun mal braucht. Und irgendwo dazwischen liegt die Grenze, wo die guten zu schlechten werden, die dann das Vertrauen des anderen missbrauchen. Nehmen wir mal an, Phil wäre schon länger mein Freund …«

»Ist er nicht?«

»Ein paar Mal im Bett sind ja noch kein großes Ding. Obwohl ich zugeben muss, Phil hat schon was. Aber für mehr ist es definitiv noch zu früh … jedenfalls für mich.«

»Warum willst du dann nicht, dass ich ihm etwas von deinem *Abenteuer* heute Mittag erzähle?«

»Aus ihm und mir könnte vielleicht was werden, obwohl … Egal, er muss das im jetzigen Stadium unserer Beziehung noch nicht wissen.«

»Du willst also damit sagen, dass Geheimnisse einer Beziehung nicht schaden?«

»Ganz recht. Aber auch wenn er schon lange mein Freund wäre, wäre diese Sache mit dem Callgirl heute Mittag ein gutes Geheimnis. Weißt du, warum?«

»Mach's nicht so spannend.«

»Wenn ich ihm irgendwann mal das mit diesem Callgirl beichte, kann er an mir eine neue Seite entdecken. Das macht ihn vielleicht an.«

»Macht ihn an? Du meinst, er wäre nicht eifersüchtig? Mal ganz abgesehen davon, dass du so was wie heute Mittag ja noch öfters tun könntest?«

»Selbst wenn, Männer finden sich eher mit Frauen als Rivalen ab als mit Männern.«

»Mag schon sein. Aber was wäre in deinen Augen dann ein schlechtes Geheimnis für Phil?«

»Wenn ich mit Männern, für die ich Gefühle hätte, ins Bett ginge ...«

»Muss schon sagen, hast ja recht eigenwillige Ansichten über gut und schlecht«, sagte Louise. »Außerdem, wenn man ein Geheimnis von sich dem anderen preisgibt, ist das immer auch eine Art Liebesbeweis, weniger eine Frage von gutes Geheimnis oder schlechtes Geheimnis. Höchstens eine Frage von Mut oder Feigheit.«

»Stimmt. Aber ich muss doch erst mal den Menschen besser kennen lernen, ihm vertrauen, bevor ich ihn mit meinen Geheimnissen überrasche. Vielleicht hast du ja in der Vergangenheit oft zu früh Dinge von dir preisgegeben, die Jungs dadurch verstört. Schon mal daran gedacht?«

Louise schwieg. Sie schaute ein wenig ertappt, bevor sie sich wieder fing, dachte: Ha, wie alt ist die Kleine noch mal? Zweiundzwanzig?!

»Wieso vertraust du mir dann diese Dinge über dich an. Du kennst mich doch gar nicht?!«

»Richtig. Aber unter Frauen ist das was anderes.«

»Intimität entsteht aber nicht nur dadurch, dass zwei nackt im selben Bett liegen und an sich rumspielen. Wenn zwei sich Geheimnisse anvertrauen, entsteht so was wie ein unsichtbares Band, das beide miteinander verbindet. Schon mal daran gedacht?«

»Ich weiß schon, was du meinst, auch wenn ich es nicht so romantisch ausdrücken würde wie du. Im Grunde ist es doch ganz einfach: Jeder muss in einer Beziehung mit seinen Geheimnissen Handel treiben, dem anderen dabei das Gefühl geben, nur er teile mit ihm dieses Geheimnis, was ihn dann von all den anderen abgrenzt, die dieses Geheimnis nicht kennen. Wenn du aber zu früh diese Geheimnisse von dir verhökerst, irgendwann eine ganze Reihe von Männern deine Geheimnisse kennen, dann verlierst du doch den Respekt vor dir selbst.«

»Findest du?«

»Ich will ja nur damit sagen, Geheimnisse musst du nicht dein Leben lang hüten, aber du solltest dich hüten, sie allzu schnell preiszugeben, denn wer am Ende keine mehr hat, ist pleite.«

»Pleite?«

»Sagt man doch so, wenn man nichts mehr hat. Schließlich muss ich doch noch ein paar Geheimnisse fürs Alter haben, wenn ich mit jemand länger zusammenbleiben will, wobei ich mir das zurzeit überhaupt nicht vorstellen kann …«

»Warum nicht?«

»Da entstehen diese Erwartungen beim anderen. Ich hasse Erwartungen, ehrlich. Die engen einen nur ein. Mein Vater sagt immer, Erwartungen erfüllen heißt Verantwortung übernehmen, aber das sehe ich nicht so.«

»Wie dann?«

»Viel interessanter finde ich, dass im Laufe der Jahre einer Beziehung der Wert von Geheimnissen enorm ansteigt. Wer keine Geheimnisse mehr hat, der wird die Momente vermissen, in denen er sich immer wieder neu in den anderen verlieben konnte; gerade diese Momente machen doch letztlich das Gefühl von Liebe aus.«

»Wenn man dich so reden hört, könnte man glatt denken, du studierst Psychologie. Was macht dein Vater noch mal?«

»Er ist Pfarrer in Stettin. Betreibt nebenbei noch einen kleinen Bauernhof. Und er ist ziemlich klug.«

»Glaube ich sofort. Von ihm hast du also all diese Weisheiten?«

»Von ihm und meinen Büchern.«

»Deinen Büchern?«

»Ich beschäftige mich zurzeit viel mit Autobiographien bekannter, aber auch weniger bekannter Künstler. Dabei kann man 'ne Menge lernen.«

»Ach ja?«

»Wenn die Autoren über die Geheimnisse von Künstlerbeziehungen schreiben. Wie Künstler es oft hinbekamen, ihre Beziehungen über Jahre lebendig zu erhalten.«

Louise schaute Ewa mit hochgezogenen Augenbrauen an, als ob sie ihr deutlich machen wollte, wie skeptisch sie gegenüber Ewas Ansichten war. Doch bevor Louise etwas sagen konnte, reagierte Ewa.

»Ich weiß, was du denkst. Künstler sind Ausnahmen, sie bewegen sich in einer fremden Welt, können es sich leisten, unkonventionelle Dinge zu tun.«

34

»Ganz genau. Wie viele berühmte Künstler kennst du, die nicht mit ihresgleichen Beziehungen hatten? Oder kannst du dir Sartres unzählige Affären an der Seite einer kleinen Friseurin vorstellen? Nein, um Sartre zu ertragen, brauchte es schon eine Simone de Beauvoir. Oder nimm Picasso, erst hatte er eine Tänzerin, dann ein französisches Model, dann eine Fotografin und Malerin ...«

»Aber vergiss nicht, seine letzte Frau war eine Keramikverkäuferin ... Außerdem gab es zum Beispiel eine Menge berühmter Schriftsteller, die keine Künstlerinnen zur Frau hatten, sondern ganz normale Frauen ... gut, was ist schon normal, aber du weißt sicher, was ich meine.«

»Sicher, die gab es. Ich finde trotzdem nicht, dass Künstler sich dafür als Vorbilder eignen. Sie leben nun mal in einer eigenen Welt, realitätsfern, egoistisch, finanziell oft am Rande des Abgrunds, ständig diese Drogen, also ich könnte so nicht leben«, sagte Louise.

»Gibt's noch ein Klischee, das du aufzählen möchtest? Ist doch wieder mal typisch. Als ob die anderen nicht egoistisch oder mit Drogen vollgepumpt sind. Und wie schnell man heute finanziell am Abgrund stehen kann, brauch ich ja einer Französin in Zeiten der Globalisierung nicht zu erklären ... Was die Realitätsferne angeht: Es kommt eben darauf, was man unter Realität versteht. Ist Realität nur das, was man jeden Tag vor sich sieht, oder ist Realität auch das, was da ist, wir es aber nur nicht sehen ...«

»Wie meinst du das?«

»Nimm zum Beispiel einen Baum. Es gibt bestimmt einen, den du jeden Morgen siehst, wenn du zur Arbeit gehst ...«

»Ja?«

»Wenn überhaupt, bemerkst du ihn vielleicht, denkst: Ach, schon wieder Herbst, die vielen bunten Blätter, bald werden sie wieder auf der Straße liegen, bald wird es wieder nass und kalt.«

»Kann schon sein, aber …«

»Die eine Realität ist, er ist ein Baum, der jedes Jahr ein bisschen wächst, der Blätter bekommt und wieder verliert. Aber hast du dich je gefragt, ob der Baum auch eine Seele hat? Ob er nicht leidet, wenn seine Nachbarn gefällt werden, wenn er die vielen Abgase verarbeiten muss oder die Unmengen an Urin, die Hunde jeden Tag an ihn hinpinkeln? Hast du dich je gefragt, ob er nicht lieber in einem Wald stehen würde als hier in deiner Straße? Dass er es manchmal vielleicht gerne hätte, wenn die Menschen mit ihm reden würden, wenn sie ihn streichelten, ihm jeden Morgen einen schönen Tag wünschten? Das, Louise, kann auch eine Realität sein.«

»Du meinst, einen Baum zum Freund haben.«

»Genau, sich in ihn hineinfühlen wie in einen guten Freund. Das kann sehr real sein!«

»Ihm würdest du dann auch deine Geheimnisse anvertrauen?«

»Warum nicht? Diskretion wäre ja schon mal gegeben. Außerdem tut es gut, wenn man jemand hat, mit dem man reden kann, und wenn es nur ein Baum ist.«

»So ein Problem dürftest du ja wohl nicht haben. Die Jungs stehen bei dir bestimmt Schlange, und die Mädchen, nehme ich mal an, reißen sich darum, dich als Freundin zu haben.«

»Was die Jungs betrifft, da gab's bisher wenige, mit denen ich mich ernsthaft unterhalten konnte. Protzgehabe, Clubs und Ficken … mehr war da bisher nicht. Die brauchen hier alle unglaublich lange, bis sie mal was von sich erzählen.«

»Was ist mit deinen Künstlern?«

»Manche wären schon interessant, auch was das geistige Niveau angeht, aber die meisten vergraben sich zurzeit in ihren Ateliers, sind wochenlang nicht ansprechbar, reden immer von Projekten, die sie unbedingt erledigen müssen. Ich kann sie ja verstehen, wenn's einem finanziell nicht gut geht, muss eben jeder schauen, wo er bleibt. Aber hier in Berlin sind sie manchmal richtig besessen davon, Erfolg zu haben, vergessen ganz das Leben …«

»Was ist mit Phil?«

»Echt süß, aber noch ein großer Junge. Als ich ihn gestern fragte, was er mal von seinem Leben erwarte, sagte er: ›Spaß, Freunde in anderen Ländern besuchen, irgendwann mal vielleicht Familie.‹«

»Wenn du mich fragst, klingt doch normal für einen – wie alt ist Phil noch mal?«

»Zweiunddreißig.«

»Damit musst du dich abfinden. Die Jungs brauchen heute leider ein bisschen länger, bis sie richtige Männer sind. Ich weiß, von was ich rede. Werde mich deshalb in Zukunft auf dem reiferen Markt umtun.«

»Du meinst Typen um die vierzig? Eine Kommilitonin von mir sagt immer: ›Abgelegte Typen, die nur junges Frischfleisch wollen. Wenn die so toll wären, wie sie immer behaupten, wieso sind sie dann noch auf dem Markt?‹«

»Erfahrungen gesammelt, wie?«

»Kann man so sagen. Ich hatte mal was mit einem Zahnarzt. Er war ja ganz gut im Bett, konnte lecken wie ein Kätzchen, aber seine Freunde, vor allem deren Freundinnen, waren mir echt zu blöd. Urlaub, Shopping, Villa. Ständig dieses: Ach, wie süß, zweiundzwanzig, da hast du ja noch alles vor dir, als ich so jung war wie du … bla bla … Wenn ich mit denen dann mal über Geschichte oder Kunst reden wollte, dann haben die mich nur blöd angeschaut, nach dem Motto: Wie jetzt? Auch noch schwere Themen heute Abend …«

»Aber Freundinnen hast du doch?«

»In Polen schon, aber hier in Berlin … Entweder koksen die sich von Party zu Party oder haben wieder mal einen neuen Lover an Bord, der sie voll in Anspruch nimmt … oder sind mit ihrem Studium so beschäftigt, dass für Freundinnen kaum noch Zeit bleibt.«

»Armes Mädchen«, sagte Louise. »Na, vielleicht tröstet es dich, dass es in meinem Alter auch nicht besser ist. Meine Freundinnen sind entweder nur noch mit der Aufzucht ihres Nachwuchses beschäftigt, oder aber so verzweifelt auf der Suche nach einem Heiratskandidaten, dass du mit ihnen von Club zu Club hetzen musst, damit sie auch ja keine Gelegenheit verpassen. Von denen, die vor lauter Job für nichts mehr Zeit haben, nicht mal für Sex …, rede ich lieber erst gar nicht.«

»Wieso lachst du?«, fragte Ewa.

»Ich musste nur gerade an meine Freundin Claire denken. Ist Unternehmensberaterin. Meinte neulich zu mir: ›Wenn es nicht wenigstens dieses kleine Ding da gäbe, glaube nicht, dass sich da unten bei mir überhaupt noch was regen würde.‹«

»Könnte mir nicht passieren. Nichts gegen Vibratoren, sind manchmal ja ganz nützlich. Aber so ein echter«, sie senkte ein wenig ihre Stimme, »Schwanz ist schon was anderes. Wenn da so was Warmes in dir pocht, wenn du den Typ dann an den Eiern packst, er dann gnädig darum fleht, endlich abspritzen zu dürfen … Hat schon was.«

»Du hast leicht reden. Bei dir stehen sie ja Schlange. Jung, knackig gebaut …«

»Glaubst du, ich lass mich von jedem besteigen, nur weil die glauben, sie seien unwiderstehlich? Wenn ich mich mit denen vor dem Sex nicht unterhalten kann, törnt mich das total ab. Außerdem haben die jungen Typen meist verdammt wenig Phantasie. Deshalb interessieren mich eigentlich auch mehr die älteren Semester, mal abgesehen von Phil.«

»Wo gabelst du diese Typen auf? In Cafés oder Bars? «

»Wo denkst du hin. Glaubst, ich lass mich für 'n Cappuccino oder 'ne Crème brûlée einfach so flachlegen?«

»Du willst mir jetzt aber nicht sagen, dass du eine …?«

»Eine«, Ewa senkte wieder ihre Stimme, »Nutte, meinst du? Nein, ich will ja auch meinen Spaß, ich meine, nicht nur das Geld. Außerdem kann ich selbst bestimmen, ob mir die Typen an die Wäsche dürfen oder nicht. Glaub mir, das macht die Typen richtig fertig.«

»Phil weiß davon?«

»Sagen wir so, er weiß, dass ich ab und zu Männer treffe …«

»Er ist nicht eifersüchtig?«

»Ich habe ihm gleich gesagt, Eifersucht kann er sich abschminken, sonst bin ich weg. Das Ganze ist rein geschäftlich, Gefühle sind nicht im Spiel. Jedenfalls, was mich betrifft.«

Louise schaute immer noch verdutzt und schüttelte mit dem Kopf.

»Ich erklär's dir«, meinte Ewa dann. »Normalerweise bekomme ich zwei, drei Mal im Monat einen Anruf von meiner Agentur, ob ich für einen Abend oder ein Wochenende Zeit für einen Kunden habe. Meistens begleite ich dann diese Geschäftsmänner zu irgendwelchen Partys oder Empfängen oder wir gehen schick essen. Falls mir ein Typ gefällt, darf ich selbst entscheiden, was ich anschließend mit ihm tun möchte.«

»Du meinst, sie zahlen für dich, ohne zu wissen, ob sie dich ins Bett kriegen?«

»Ganz recht. Du glaubst gar nicht, wie die sich ins Zeug legen. Muss irgendwie an ihrem Jagdinstinkt liegen. Jedenfalls, die Bezahlung ist echt okay …«

»Was verdienst du da so?«

»Am Abend zwölfhundert, am Wochenende zwei fünf.«

»Nehme mal an, falls er mit dir ins Bett darf, kostet das noch extra?«

»Fünfhundert mindestens.«

»Nicht schlecht.«

»Zurzeit läuft's ganz gut. Die Typen stehen gerade heftig auf Studentinnen.«

»Wie muss ich mir so einen typischen Kunden von dir vorstellen? Gutaussehend, graue Schläfen, Maßanzug?«

»Kommt gut hin. Manchmal sind zwar auch kleine Lustmolche dabei, aber die Agentur weiß über GPS jederzeit Bescheid, wo ich mich befinde. Falls der Typ zu aufdringlich wird, ein Anruf genügt und mein Fahrer ist da.«

»Was, wenn dir mal keine Gelegenheit bleibt, anzurufen?«

»Das sind Geschäftsmänner, die wissen schon, wo ihre Grenzen sind. Haben viel zu viel zu verlieren.«

»Scheinst ja keine Angst zu haben. Ich verstehe bloß nicht, warum du dir bei dem Callgirl so Gedanken machst? Warum soll ich dich denn unbedingt bis zur Tür begleiten?«

»Mit Männern kann ich inzwischen ganz gut umgehen, aber bei Frauen bin ich … Um die Wahrheit zu sagen, ich geh da nicht nur hin wegen einer neuen Erfahrung … aber das … das muss unter uns bleiben, versprochen?«

»Versprochen!« Und Louise dachte: SCHON WIEDER EIN GEHEIMNIS.

»Ist wegen 'nem Topkunden von mir. Hat am Wochenende seine neue Freundin dabei. Die ist bi. Sie will unbedingt einen Dreier ...«

»Das Callgirl soll also dein Defizit ausgleichen?«

»Will mich ja nicht blamieren. Muss wissen, was bei Frauen besser ankommt ... Kann ja nicht immer von mir ausgehen. Bei mir darf man alles.«

Louise dachte nur: Bleib locker. Sie spielt das Spiel gut ...

»Vielleicht stehen dein Kunde und seine Freundin ja auf *Unerfahrenheit* ... beim Sex zwischen Frauen?«

»Glaube ich nicht. Er sagte am Telefon, sie sei anspruchsvoll ...«

»Was auch immer das bedeuten mag. Ich denke, du schaffst das ganz gut alleine«, sagte Louise.

»Aber ...«

»Sag mal«, Louise schaute auf ihre Uhr, es war mittlerweile kurz vor halb zwölf, »musst du nicht bald los?«

Ewa blickte Louise mit großen Augen an.

»Jetzt komm halt mit. Bitte.«

»Vergiss es!«

»Aber dann wären wir zu dritt. Es wäre dann wie am Wochenende. Du bist dann der Mann, kannst zuschauen oder eine von uns ficken, wenn du willst. Jetzt sei nicht so spizig ...«

»Du meinst spießig. Ich bin nicht spießig!«

»Genau, deshalb kommst du jetzt mit.«

Louise spürte auf einmal, wie es zwischen ihren Schenkel anfing zu kribbeln. Allein die Vorstellung, wie Ewa in ein paar Minuten von diesem Callgirl geleckt, gestoßen, wie sie stöhnend ihre Finger in die Kissen krallen würde, ließ ihre Vag immer nervöser pochen. Mal ganz abgesehen davon, dass sie Sex nach ein paar Wochen Abstinenz wieder ganz gut gebrauchen könnte. Vielleicht würde sie auch von dieser kleinen Ewa geleckt, vielleicht würde dieses hübsche Callgirl es ihr von hinten besorgen, mit so einem großen, dicken …

… Außerdem bist du ja Französin, da hat man einen Ruf zu verteidigen. Niemand nennt dich ungestraft spießig, so weit kommt's noch … Vive la France!

»Gut, ich komme mit. Aber erwarte nicht zu viel!«

»Tue ich nicht, tue ich nicht. Danke, dass du mich nicht im Stich lässt«, tönte Ewa. Dann nahm sie beide Hände von Louise, küsste ihre Innenflächen.

Die beiden zahlten. Sie nahmen anschließend die U2, fuhren bis zum Wittenbergplatz. Sie stiegen aus, liefen die Treppen hoch. Sie lachten die ganze Zeit wie zwei junge Schülerinnen, die die Schule schwänzten, weil sie was Besseres vorhatten. Am KaDeWe vorbei bogen sie in eine Seitenstraße ein, dann weiter bis zu einer Kreuzung, wo sie warten mussten. Als die Ampel auf Grün sprang, beide über die Straße liefen, da fing Ewa auf einmal an, Louise den Hintern zu tätscheln. Louise hatte nichts dagegen, im Gegenteil, sie genoss es. Sie ließ sogar zu, dass Ewa ihr von hinten zwischen die Beine griff. »Doucement. Bist ganz schön ungeduldig, wie?!«, lachte Louise. Als eine ältere Dame mit Stock die beiden kopfschüttelnd passierte, sagte sie lächelnd: »Geht mir genauso …«, und griff dabei Ewa an den strammen Hintern.

Die beiden liefen noch schneller die kleine Straße entlang, vorbei an parkenden Autos und Ahornbäumen, bis Ewa schließlich stoppte. »Hier muss es sein. Haus Nr. 78.«

Plötzlich klingelte Ewas Handy. »Hi Phil … ist aber lieb von dir … du, grad ganz schlecht … mach ich … bis dann …«

Ewa zu Louise: »Hat gerade an mich gedacht, hat er gesagt. Will heut Abend früh ins Bett …, ich soll ihn besser morgen anrufen … süß, nicht?«

»Ich würde sagen, perfektes Timing. Er denkt an dich und du wirst gleich gefickt … Berlin eben, was?«

»Ich mach dann mal besser mein Handy auf lautlos. Nicht, dass uns da oben noch jemand stört.«

»Wo soll ich klingeln?« fragte Louise.

Ewa verstaute noch ihr Handy im Parka, meinte: »Bei F&S Event Marketing GmbH.«

»Hier steht's ja. F&S Event Marketing. Für was steht F&S?«

»Fuck and See …«, lachte Ewa.

»Dein Ernst?«

»Keine Ahnung. Komm, lass uns reingehen«, sagte Ewa, drückte die Tür auf.

Drinnen empfing sie ein feudales Ambiente: Kristallleuchter im Foyer, purpurfarbener Samtteppich, der sich auf einer steingrauen Marmortreppe nach oben schwang, begleitet von Edelholzgeländer und elfenbeinfarbener Treppenhauswand.

Da sich das Etablissement im fünften Stock befand, entschied Ewa den Aufzug zu nehmen. Es war nicht so ein Aufzug wie heute üblich: Irgendeine blank gewienerte Metalltüre, die sich auf Knopfdruck öffnete. Nein, das Ding hatte geschliffene Glastüren, eingefasst in einer aufwendig gestalteten Metallkabine. Vermutlich Gründerzeit, Art-Deco oder irgendwas um anno Zwieback …, lachte Ewa.

Einigermaßen beeindruckt stieg sie mit Louise ein, der dieser Anblick bei weitem nicht so viel Ehrfurcht entlockte wie Ewa, besaßen doch in vornehmen Pariser Stadtvierteln noch viele Häuser solche Aufzüge.

In der Kabine verflog Ewas Respekt allerdings von Stockwerk zu Stockwerk. Sie fing an zu grinsen.

1. Stock: Notariat Dr. Rock,

2. Stock: Rechtsanwälte Dr. Munk & Partner,

3. Stock: Dr.med. Fierl & Kollegen, Facharzt für Frauenheilkunde

4. Stock: Hypo Invest & Consulting

5. Stock: F&S Event Marketing GmbH.

Es waren nicht die Namen auf dem polierten Messingschild, die Ewas Ehrfurcht schmelzen ließen, es waren die Berufe, die hinter den Firmenschildern aufleuchteten: Notar, Rechtsanwalt, Arzt, Banker … Und über allen thronten die Nutten.

Kaum oben angekommen, öffnete sich nach zweimaligem Läuten eine schwere Holztür. Die beiden wurden von einer jungen Blondine in schwarzem Minikleid begrüßt. Sie trug schwarze halterlose, mit weißen Kreisen bedruckte Strümpfe, deren Spitzenränder unter ihrem kurzen Rock hervorblitzten. Dazu mörderisch hohe weiße Plateauschuhe, eine große weiße Sonnenbrille im Haar, und dieses umwerfende Lächeln. Sie sah aus, als habe man Twiggy, die Stilikone aus den 1960ern, recht erfolgreich geklont. Ewa und Louise schauten sich an.

»Ihr seid also die Neuen. Setzt euch am besten hier rein.« Die Blondine deutete dabei auf eine Türe. »Ich hol kurz die Chefin«, piepste sie und verschwand, bevor Ewa den Irrtum aufklären konnte. »Lass mal«, meinte Louise. »Ist doch lustig, dann lernen wir gleich die Chefin kennen.«

Die beiden betraten ein Zimmer, sahen zuerst ein altes Ledersofa, das mitten im Raum stand, links und rechts flankiert von runden Beistelltischchen, als sei alles direkt von einem englischen Cottage hierher verfrachtet worden. Dem Sofa gegenüber stand ein dunkelgrüner Ohrensessel, bezogen mit schwerem Samt. An den Wänden rings- um Bilder mit Pferden, mit Landschaften, die einen eher an ein idyllisches Cornwall erinnerten, nur nicht an ein Bordell. Gut, die Pferde vielleicht, dachte Louise.

Dann ging die Tür auf, herein kam eine große Frau. Höchstens vierzig. Mit blonden kinnlangen Haaren, auf der Nasenspitze eine Brille, die viel von *It's-Business-Time-Baby* versprühte. Als sie jedoch die beiden auf dem Sofa sitzen sah, fing sie gleich an zu strahlen.

»Ihr seid also unser Neuzugang. Würdet ihr bitte mal aufstehen, eure Jacken ablegen?«

Ewa und Louise grinsten sich an, standen auf, folgten brav der Anweisung.

»Also, ich muss sagen, sehr appetitlich und oben rum, alle Achtung. Ihr werdet viel zu tun haben, glaubt mir. So … dann zeig ich euch mal ein paar unserer Räume, damit ihr schon mal eine Vorstellung bekommt, wie schön unser Event-Palast ist.«

»Pardon, Madame …«, wollte Louise ansetzen.

»Keine Sorge, ihr werdet noch nicht auf Gäste treffen. Die meisten Zimmer sind noch unbesetzt, unsere Gäste kommen in der Regel erst ab zwei …«

»Aber wir sind keine …«, versuchte es Louise nochmals.

Doch wieder unterbrach sie die Chefin.

Louise stupste Ewa an, die aber nur grinste.

»Keine Profis?! Aber das macht doch nichts. Im Gegenteil, unsere verwöhnten Kunden lieben dieses Gefühl, keine Profis, sondern das Mädchen von nebenan … ihr wisst schon …«

»Madame, was meine Freundin sagen wollte«, sagte Ewa, »wir sind keine neuen Mädchen, wir sind Gäste von Carolina. Ich hab sie heute für 12:30 Uhr gebucht. Meine Freundin kam nur spontan mit.«

»Das ist mir jetzt aber wirklich ... aber hättet ihr doch was gesagt ...«

»Wollten wir«, lachte Louise.

»Wo wir jetzt schon dabei sind, zeige ich euch vielleicht doch noch ein paar Zimmer, damit ihr richtig auf den Geschmack kommt. Hier hätten wir zum Beispiel ...«

Einen fulminant großen Raum, überall Freskenmalereien an den Wänden, dazu ein riesiges Bett mit weißem Baldachindach am Ende des Raumes. Ein paar Meter daneben eine römische Soldatenrüstung mit Brustpanzer, den Speer an die Wand gehängt, in Schwertweite eine große römische Sitzbadewanne, daneben edle Badetücher in einer marmornen Schale.

»Ist unser Pompeji-Refugium«, meinte die Chefin.

»Hat was«, sagte Ewa. Louise blickte ebenfalls erstaunt.

»Wir hätten noch das Venedig-Zimmer, das Safari-Camp, das Manhattan-Loft, nicht zu vergessen unseren Marquise-de-Pompadour-Salon ...«

»Oh, der würde mich interessieren«, meinte Louise. Auch Ewa nickte neugierig mit dem Kopf.

Ein paar Kilometer weiter nickte man auch mit dem Kopf. Phil und sein Kollege Chris hatten endlich das Algorithmusproblem gelöst. Ihr Chef war begeistert, die Demoversion für die Computerspiel-Messe konnte endlich verabschiedet werden.

Die Chefin des Etablissements verabschiedete sich ebenfalls, nachdem sie Ewa und Louise in den Pompadour-Salon gebracht hatte. Carolina würde in ein paar Minuten bei ihnen sein. Frisch machen, meinte sie noch beim Hinausgehen, könnt ihr euch dort drüben hinter dem großen Paravent, alles sei da: Dusche, Bidet, Bademäntel. Dabei zeigte sie auf eine mannshohe, gut drei Meter breite Holzwand am Ende des Salons, über und über bemalt mit weißen Lilien auf fliederfarbenem Hintergrund. Auch sonst war der Salon aufs Üppigste ausstaffiert: mit Goldfarbe umrahmte Spiegel über dem weißlackierten Himmelbett, dazu große, in Lavendelton gehaltene Seidenkissen auf strahlend weißer Seidenbettwäsche. Links und rechts des Bettes zwei große Sessel im Louis XV.-Stil, ebenfalls weiß lackiert, die Polster in schlichtem Grau gehalten, dazu überall im Salon verteilte Porzellanvasen mit langstieligen apricotfarbenen Rosen vor glänzenden cremefarbenen Seidentapeten. Alles verlieh diesem *Salle de Plaisir* zumindest eine gewisse Vorstellung davon, wie man damals, vor knapp zweihundertfünfzig Jahren, so genächtigt hatte bei Königen und ihren Mätressen.

Apropos, Carolina war immer noch nicht aufgetaucht. Die beiden Frauen setzten sich aufs Bett, legten ihre Jacken auf einem der großen Sessel ab. Plötzlich wollte sich Ewa nicht mehr beherrschen, zog Louise zu sich heran, küsste sie auf den Mund, die ihrerseits zwar überrascht, aber neugierig genug war, um Ewas Zunge spüren zu wollen. Sie öffnete ihre Lippen, ließ Ewas Lust freien Lauf. Bald schon lagen sie eng umschlungen auf dem riesigen Bett. Plötzlich ging die Tür auf. Herein kam eine große, hübsche Brünette mit einer Garconne-Frisur. Ewa und Louise hatten die Brünette noch gar nicht bemerkt, so beschäftigt waren sie miteinander. Carolina bewegte sich langsam auf die beiden zu, fing dabei an zu lachen.

»Ihr scheint euch ja schon richtig wie Zuhause zu fühlen.«

»Pardon«, meinte Louise, schaute dabei hoch. »Wir haben dich gar nicht kommen hören.«

»Kein Wunder, so wir ihr zwei Hübschen miteinander beschäftigt ward. Wir sollten jedoch noch kurz das Finanzielle regeln. Ich bekäme dann zusammen einhundertfünfzig Euro. Ihr bleibt doch eine Stunde?«

»Ja«, meinte Ewa. Sie und Louise starrten die hübsche Brünette an. Sie trug schwarze Lackstiefel, einen schwarzen Tanga und über ihren Brüsten bis zum Hintern ein hautenges Fischnetz-Etwas, wobei ihre Nippel mit kleinen roten Hütchen aus Leder abgedeckt waren, an denen schwarze Fädchen baumelten. Ihre Brüste entsprachen ungefähr der Größe von Louises, standen aber deutlich strammer, was entweder ihrem engen Netzteil oder aber einem Silikontuning zu verdanken war. Ihre Lippen waren perfekt wie bei Ewa, ihr Hintern verdammt gut durchtrainiert, dachte Louise bei Carolinas Anblick. Auch Ewa konnte ihre Blicke nicht von dieser Konkubine lassen. Mit ihren hohen Absätzen war sie gut einen Kopf größer als Louise, doch das störte Ewa nicht. Im Gegenteil, das machte sie nur noch mehr an.

»Ich weiß«, unterbrach Carolina die Blicke der beiden. »Ist nicht gerade stilecht für dieses Zimmer, was ich heute anhabe. Aber ich schätze, wir drei werden trotzdem viel Spaß haben. Im Übrigen war Marquise de Pompadours bürgerlicher Name Jeanne-Antoinette Poisson. Und Poisson bedeutet im Französischen Fisch. So gesehen …«

»… passt dein Aufzug ganz gut. Wirklich ein prächtiges Fischchen, das uns da ins Netz gegangen ist, nicht wahr, Ewa?!«

Ewa nickte.

»Habt ihr irgendwelche Tabus? Anal oder Peitschen?«, fragte Carolina die beiden.

»Nein, eigentlich nicht«, sagte Ewa.

»Gut. Ich steh nämlich darauf, hin und wieder meinen Arsch gepeitscht zu bekommen, wenn ich dann noch von hinten gefickt werde, macht mich das total geil.«

Ewa und Louise schauten sich an.

»Keine Sorge, wenn ihr nicht wollt, können wir auch nur lecken oder euch mit Vibratoren auf Touren bringen. Wir werden sehen. Bin dann gleich wieder zurück. Muss euch noch eintragen. Wo die Dusche ist, wisst ihr?«

»Wir werden duften wie Rosen, wenn du zurück bist«, sagte Ewa.

»Stechen auch«, sagte Louise, worauf Carolina lachte, anschließend mit gekonntem Hüftschwung und ihren mörderisch hohen Absätzen dem Ausgang zustrebte. Kurz bevor sie die Tür erreichte, bückte sie sich plötzlich mit gestreckten Beinen nach unten, als ob sie etwas auf dem Boden aufheben wollte, meinte dabei: »Ihr werdet sie genießen. Bis baald!«

Louise beschlich auf einmal ein merkwürdiges Gefühl. In was nur war sie da hineingeraten? Sie war doch im Grunde genommen ein braves Mädchen. Bereitete den Eltern nie wirklich Kummer. Bis auf die Tatsache vielleicht, dass sich die beiden Leutchen endlich Enkel von ihrer Tochter wünschten, damit sie im Urlaub bei ihren Freunden auch mal Bilder von den Kleinen herumzeigen konnten. Nein, aber sonst war alles okay. Sie war gesund, erfolgreich im Beruf, hatte Erfolg bei Männern, zumindest, wenn man die Anzahl ihrer Liebhaber, nicht die Dauer ihrer Beziehungen als Maßstab nahm. Aber jetzt das hier.

Mein Gott, wenn ihre Eltern sie jetzt so sehen könnten. Ihr gutes Mädchen wird gleich von zwei Frauen gefickt.

Während die beiden sich auszogen, fragte Ewa die lächelnde Pariserin: »Lässt du dich nachher auch von ihr in den Hintern ficken?«

»Denke, wir sind ja heute wegen dir da. Ich habe diesbezüglich keine Defizite.«

»Stimmt. Wäre mir nur recht …, wenn du nachher die erste wärst … die mein Ärschchen …«

»Komm, lass uns duschen, damit wir auch gut duften für Mademoiselle de Poisson«, sagte Louise.

Die beiden zogen sich ihre Höschen aus, gingen hinter den riesigen Paravent, wo sich eine große gemauerte Dusche befand. Drei Menschen hatten bequem in ihr Platz. Es gab zwei riesige rechteckige Duschköpfe, die so groß waren, dass man sich unweigerlich fragte: *Warum nur duschen, wenn man auch Sumatra-Rain-Shower haben kann?*

Ewa und Louise schäumten sich gegenseitig mit Duschgel ein, das passend zur Umgebung herrlich frisch nach Lavendel und Flieder roch. Ewas Knospen wurden langsam härter, sie ließ ihre Hände zwischen Louises Schenkel gleiten. Fuhren wieder hoch zu ihren eigenen Brüsten, an denen Louise schon heftig saugte, glitt mit ihren Händen wieder hinab zu Louises Schenkeln, die nun weiter geöffnet waren. Jedes Mal, wenn Ewa mit ihren Händen wieder bei Louise unten ankam, führte sie ihre Finger tiefer in Louise ein, die sich kaum noch dagegen wehren konnte. Einzig ihr Saugen an Ewas Knospen ließ noch etwas von einem eigenen Willen erkennen, doch auch Ewa wurde immer willenloser, stöhnte immer lauter unter dem warmen Sumatra-Rain.

Mit einem Mal packte Ewa den Kopf von Louise, bedeutete ihr durch sanftes Hinabdrücken, dass sie sie nun unten spüren wollte. Louise ging daraufhin in die Knie, presste Ewas Schenkel auseinander, fing an die kleine Polin zu lecken. Ihre Muschi war total blank rasiert, nicht der geringste Ansatz eines Landungsstegs. Dabei musste Louise kurz grinsen, kamen ihr doch die Worte Mikails plötzlich in den Sinn, ein russischer Kollege, mit dem sie noch vor ein paar Wochen eine *Petite Affaire* genossen hatte. Als er damals Louise zum ersten Mal nackt vor sich sah, war er ganz entzückt, dass Louise sich da unten noch einen schmalen Steg Haare bewahrte.

›… Da hat man endlich wieder das Gefühl, mit einer Frau Oralsex zu haben, nicht mit einem kleinen Mädchen. Oder wollt ihr Frauen uns alle zu Pädophilen machen?‹

Louise leckte, saugte immer heftiger an Ewas Klit. Wäre nicht Louises Kopf gewesen, Ewa hätte schon längst den Halt verloren. Doch bald half auch der Kopf der Französin nichts mehr. Ewas Beine fingen immer stärker an zu zittern, bis sie schließlich nicht mehr konnte, langsam mit ihrem Rücken an der Duschwand abwärts glitt. Am Boden angekommen legte sie sich halb erschöpft, halb gierig auf mehr auf den Rücken. Erwartete im warmen Regen die Muschi von Louise, die diese geschwind über Ewas Mund platzierte, während ihr eigener Mund sich weiter vorne um Ewas Allerheiligstes kümmerte.

Plötzlich hörten die beiden – und die beiden waren verdammt knapp davor –, wie durch das herabprasselnde Wasser eine Stimme drang.

»Aber Hallo …«

Da Carolinas Stimme kräftig wie die einer Fischverkäuferin war, unterbrach sie im Nu das Stöhnen der beiden.

»Ihr seid sicher, dass ihr mich noch braucht?«

Louise richtete sich auf, rutschte mit ihrem Becken ein wenig nach vorne. Die beiden erhoben sich, griffen nach den Handtüchern. Ewa lächelte Carolina zu, meinte: »Keine Sorge, so heiß, wie wir beide sind, können wir auf dich unmöglich verzichten.«

»Da bin ich ja beruhigt. Hier sind übrigens die Umschnalldinger. Wenn ihr wollt, könnten wir damit ja beginnen?«

»Soll mir recht sein«, sagte Ewa, ließ sich von Carolina so ein Ding umlegen.

»Ich brauch mal Pause«, meinte Louise, während sie sich ihre nassen Haare mit dem Handtuch abtrocknete.

»Wie du willst«, meinte Carolina. Zu Ewa gewandt: »Vergiss die kleine Peitsche nicht!«

»Ich soll dir jetzt damit auf den Hintern …?«

»Ich steh auf devote Spielchen, schon vergessen? Aber nicht zu doll, habe heute noch einen langen Tag vor mir. Hol damit nur ein wenig aus, siehst du, so … Dann sag mir, dass ich ein kleines böses Mädchen bin!«

Carolina nahm auf dem Bett ihre Lieblingsposition ein, meinte, dabei käme sie bei Männern auch immer am schnellsten. Ewa kniete also hinter Carolina …

Was dann zwischen Carolina, Ewa und Luise geschah, war sicher nichts, was nicht auch anderswo hinter verschlossenen Türen stattfand. Wenn Gier und Lust die Kontrolle übernahmen, wenn man von Kontrolle in solchen Momenten überhaupt noch sprechen konnte. Die Phantasie der Menschen kannte dann bekanntlich kaum Grenzen. Besonders in Berlin, wo man auf Grenzen schon immer pfiff. Was nun die wahrhaft ausgefüllte Stunde der drei jungen Frauen anging, so sollten ein paar Worte im Hashtag-Format ausnahmsweise genügen: #Heftig, #keine Körperöffnung blieb verschont … #bei keiner der drei.

Irgendwann, so um Minute achtundvierzig oder neunundvierzig herum, als Carolinas Höhepunkt schon ein paar Augenblicke Geschichte war, schrie Ewa laut auf, kurz danach Louise – den beiden kamen die anschließenden Sekunden wie ein endloser geiler Traum vor. Ein Traum, überholt von der Realität. Beide waren zu Frauen geworden, von denen Männer keine Ahnung hatten. Denn wenn sie es hätten, dann würden sie diese Frauen nicht betrügen, sondern gnädig darum bitten, etwas von dieser Lust abzubekommen. Ja, so fühlten sich die beiden: gut geleckt, gut gefickt, einfach glücklich.

Nach einer Weile, als Ewa und Louise immer noch erschöpft auf dem Bett lagen, meinte Carolina, die schon ihren Bademantel umhatte: »Ihr habt noch fünf Minuten, bis eure Stunde vorbei ist. Ich werde mich nebenan frischmachen. Unsere Madame holt euch dann so in einer Viertelstunde ab.«

Ewa und Louise nickten.

»Beehrt ihr uns bald mal wieder? War wirklich ein Vergnügen mit euch.«

Dann beugte sie sich zu den beiden hinab, gab jeder einen Kuss auf den Mund. Ewa ging als erste hinter den Paravent, machte sich über dem Bidet frisch. Louise folgte ihr, föhnte sich bereits zum zweiten Mal an diesem Tag die Haare. Als Ewa fertig war, drückte ihr Louise den Fön in die Hand, begab sich dann ebenfalls über den warmen Bidetstrahl. Berlin ist wirklich verrückt, dachte sie, absolut verrückt ...

Im Aufzug grinsten die beiden Frauen, bis plötzlich Ewa mit dem Zeigefinger auf ihren Lippen meinte: »Das bleibt unser Geheimnis. Ja?!«

»Klar. Werde schweigen wie ein Grab.«

»Vor allem bei Phil. Wenn, dann will ich es ihm irgendwann selbst sagen.«

»Keine Sorge, das von heute wird sich nicht wiederholen, versprochen«, meinte Louise.

»Dein Ernst? Ich finde, wir können das ruhig noch ein paar Mal machen. War doch …«

»Mal sehen, aber dass du mich nicht falsch verstehst, ich steh auf Jungs …«, sagte Louise.

»Du meinst auf Männer?«

»Richtig!«

»Geht mir genauso, aber das vorhin …, ich bin selten so abgegangen. Das war unglaublich. Hätte ich mich danach von der Erde verabschieden können …«

»Sag so was nicht … sonst hört man dich noch da oben«, sagte Louise.

»Schon gut, du weißt, was ich meine.«

»Du siehst überall Sternchen, dein ganzer Körper fühlt sich an wie ein heißes Soufflé kurz vor dem Platzen …«

Plötzlich piepste es in Ewas Jackentasche. Dem Klang nach der Eingang einer SMS, dachte Louise. Ewa kramte ihr Handy aus der Tasche. Die SMS erinnerte sie an ein paar verpasste Anrufe. Doch keine Rufnummernerkennung.

Dann gab es da noch eine Nachricht, die sie hastig las. Stammte vom Sekretariat ihres Professors. Sie müsse dringend ihren Professor anrufen, meinte sie zu Louise, als beide den Aufzug verließen. Draußen auf dem Gehweg sprach Ewa bereits mit dem Professor. Nach dem, was Louise aus dem Gespräch entnehmen konnte, handelte es sich offenbar um eine von Ewas Arbeiten. Ewa war ganz aus dem Häuschen.

»Keiner Ihrer Scherze? Es soll wirklich nach Basel auf diese berühmte Ausstellung ... Wie heißt die Galerie? Wow ... versprochen ...«
Während sie ganz aufgeregt weiter mit dem Professor sprach, der ihr offenbar noch die Londoner Frieze-Messe für eines ihrer Bilder in Aussicht stellte, befanden sich die beiden Frauen nur noch wenige Meter von einem Fußgängerüberweg entfernt. Die Ampel zeigte Rot. Louise schrie Ewa noch zu: »Bleib stehen. Es ist Rot!!«
Worauf Ewa sich kurz umdrehte, immer noch mit dem Handy am Ohr, und zurückrief: »Mach dir keine ... wird alles gu...« Durch das Geschrei spielender Kinder auf dem Nachbargrundstück kam die Antwort nur abgehackt an. Ewa lief mit großen Schritten auf die Straße, schaute nur geradeaus. Im nächsten Moment flog sie in hohem Bogen durch die Luft. Ein Kleintransporter hatte sie voll erwischt. Wie eine achtlos weggeworfene Spielzeugpuppe lag sie am Straßenrand, der Kopf blutüberströmt auf dem Bordstein, nur Handy und Schirm landeten unbeschadet auf einem Stückchen Erde neben einem Kastanienbaum. Louise war wie gelähmt. Sie konnte nicht mal schreien. Sie sah, wie der Fahrer des Transporters scharf abbremste, den Wagen am Straßenrand zum Stehen brachte. Er riss die Fahrertür auf, rannte zurück zur Unfallstelle.

»So eene Scheiße. Wieso ist die denn bei Rot ...? Ick hatte doch aber Grün ... Wir brauchen eenen Notarzt. Hat jemand en Handy? Hallo, Sie ...?«
Er blickte Louise an, die immer noch wie versteinert dastand. Aber sein Schreien hatte sie wieder zurückgebracht.
»Ja, ... wie ist die Nummer?«

»Na, eins eins zwei! Dit weeß doch jedet Kind!«, schrie der Fahrer Louise an.

»Schreien Sie mich nicht so an! Ich bin Französin, ich habe in Deutschland noch keinen Notarzt gebraucht. Wie soll ich das wissen?«

»Ist jut. Geben Sie mir Ihr Handy. Ick mach das.«

Louise gab ihm ihr Handy.

»Eine Schwerverletzte in der Lietzenburger, Höhe KaDeWe. Schnell ...«

Louise war inzwischen zu Ewa gerannt. Doch selbst die beste Ärztin wusste, dass Ewas Zustand kaum noch Platz für Hoffnung ließ. Überall Blut, im Gesicht, aus den Ohren, doch Ewa röchelte noch. Louise kniete sich hin, presste ihr Ohr an Ewas Mund.

»Nicht ... Phil ... sagen. Bitte, Lou ...«, stammelte Ewa.

»Versprochen, Ewa. Mach dir keine Sorgen. Der Notarzt ist unterwegs. Wird alles wieder gut ...«, sagte Louise und wusste doch, dass Ewa das nicht überleben würde. Sie fühlte nach dem Puls an Ewas Hals. Er war kaum noch zu spüren.

»Nicht ... Phil ... bi..., Lou ...«

»Ich versprech's dir. Ich versprech's dir, Ewa. Du darfst jetzt nicht mehr reden«, sagte Louise mit Tränen in den Augen.

Ewa riss ihre Augen weiter auf, griff mit letzter Kraft nach Louises Hand. Ihr Blick war auf einmal ganz starr. Sie versuchte noch zu lächeln, doch es gelang ihr nicht. Blut lief aus ihrem Mund. Dann hörte Louise diesen Brummton. Klang wie das Besetztzeichen eines Telefons. Da sah sie Ewas Handy am Kastanienbaum liegen. Als sie danach griff, hätte sie es am liebsten ganz weit weg geschleudert, so sehr hasste sie dieses verdammte Ding. Hätte Ewa den Professor doch nur ein paar Minuten später ... Hättest du nicht geschrien:

Halt! Bleib stehen! Es ist Rot! ... dann hätte sie nicht gestoppt, wäre wahrscheinlich schon auf der anderen Straßenseite gewesen. *Du, Louise, du, Louise* ... *bist schuld,* durchsiebten Gedanken ihre Amygdala wie Meteoriten weiche Erde. Louise fing an zu weinen. Beschloss, sich fortan nur noch Lou zu nennen. Das war sie Ewa schuldig. *Lou* war Ewas letztes Wort gewesen.

Dann tippte jemand Lou von hinten an.

»Bitte machen Sie Platz, damit wir die Verletzte auf die Bahre ...«

»Es ist hoffnungslos«, schluchzte Lou, sah dabei den Notarzt an.

»Sagen Sie das nicht! Wir werden alles tun, um sie durchzubringen.«

»Kann ich im Wagen mitfahren? Bitte«, sagte Lou.

»Meinetwegen. Aber Sie müssen vorne bleiben.«

»Ja.«

Der Notarzt und seine Kollegin fuhren Ewa mit der Bahre zum Krankenwagen. Lou drückte auf die rote Taste von Ewas Handy, um dieses Besetztzeichen endlich loszuwerden. Dann stieg sie vorne zum Fahrer ein.

»In welches Krankenhaus bringen Sie sie?«, fragte Lou den Fahrer, der gerade das Martinshorn anschaltete.

»Zur Charité, Luisenstraße«, schrie er. Dann brauste er los.

Während der Fahrer in einem Höllentempo den Tiergarten ansteuerte, war Ewa schon auf halbem Weg in den Himmel. Ihre inneren Verletzungen ... Ewa hätte nie eine Chance gehabt, das zu überleben. Der Milzriss, die abgebrochene Rippe, die in ihrer Lunge und im Herzmuskel steckte, die große Schädelfraktur am Hinterkopf, die gebrochenen Wirbel unterhalb des Brustbeins, das zertrümmerte Becken, allesamt viel zu schwerwiegend, wie die Ärzten später in ihrem Bericht dokumentierten.

Wie in Trance erledigte Lou die Krankenhausformalitäten für Ewa. Kramte das Versicherungskärtchen aus Ewas Tasche, den polnischen Personalausweis, die Wohnungsanschrift, Tucholskystraße 134, die glücklicherweise auf einer alten Telefonrechnung stand. Als alles erledigt war, wollte Lou nur noch raus aus diesem Krankenhaus, wo sie ab morgen für die folgenden sechs Monate jeden Tag hin musste, um an ihrem Forschungsprojekt zu arbeiten. Allein bei der Vorstellung wurde ihr ganz übel.

Erst draußen bei den Taxis wurde ihr bewusst, dass sie Phil noch immer nicht benachrichtigt hatte. Doch was sollte sie ihm sagen? Wenn er fragte, was sie beide in Charlottenburg gemacht hätten? Die Wahrheit? Unmöglich, schließlich war es Ewas letzter Wunsch, Phil nichts zu sagen. Sie hatte es Ewa dreimal versprochen. Drei Mal! KaDeWe? Einkaufsbummel? Ewa wollte ihr die Stadt zeigen? Irgend so was in dieser Art.

Sie holte Ewas Handy aus ihrer Jackentasche, blätterte im Menu nach Kontakte. Pavel, Petra, Phil ...

Bevor Lou etwas sagen konnte, kam ihr Phil zuvor.

»Na, Ewa, meine Süße, doch Sehnsucht gehabt? Ich sag's ja, aus uns beiden wird noch was.«

»Phil, ich bin's, Lou. Ich ...«

»Louise, wieso ...?«

»Ich muss dir was sagen ...«

»Ist was mit Ewa? Los, sag schon ...«

»Ewa hatte einen Unfall, ich kann dir gar nicht ...«

»Ist es schlimm?«

»Ja ...«

»Ist sie schwer verletzt?«

»Sie ist tot …«

»Was? Du spinnst … komm, verarsch mich nicht!«

»Phil, es ist die Wahrheit … Es war so schrecklich. Ein Auto … sie war bei Rot …«

»Oh Gott, nein, sag, dass das nicht wahr ist. Bitte, Louise! Louise? Louise, bist du noch dran?«

»Kannst du mich abholen, bitte … Phil?«

»Wo bist du?«

»Luisenstraße, draußen vor der Notaufnahme der Charité!«

»Bin in einer Viertelstunde da!«

Kurz bevor das Gespräch abbrach, hörte Lou noch am anderen Ende der Leitung eine andere Männerstimme.

»Phil, was ist denn? Hey Mann, du weinst ja …«

Lou hatte sich mittlerweile auf ein Mäuerchen gesetzt und wartete. Sie schaute dabei ständig auf ihre Uhr. Fragen marterten wieder ihr Gehirn. Wieso musste sie auch Ewa *Bleib stehen!* zurufen? Ohne das wäre sie längst auf der anderen Straßenseite gewesen, bevor dieser verdammte Wagen …? Weshalb, verdammt, war nirgendwo ein Schutzengel? Warum bekam Ewa keine Chance? Warum konnte dieser Professor sein Gespräch auch nicht kürzer halten? Warum? Warum?

Doch alles Fragen half nichts. Ewa war tot. Nichts würde sie wieder lebendig machen. Lou fühlte sich so unendlich schuldig an ihrem Tod. Wie sollte sie mit dieser Schuld nur zurechtkommen? Sie, die schon Monate brauchte, um über den Tod einer kleinen Katze hinwegzukommen. Nur einen Moment hatte sie damals nicht aufgepasst, als die kleine Katze auf den Balkon ihrer Studentenwohnung rannte, doch Lou lieber das Gespräch mit ihrem damaligen Freund fortsetzte, als ihr nachzugehen. Aber warum auch? Schließlich war das Balkongeländer über einen Meter hoch gewesen, hatte eine Lochblechverblendung. Absolut unüberwindbar für kleine Katzen …, wenn da nicht eine Bücherkiste gewesen wäre, ganz dicht bei einem Stuhl. Erst die Kiste, dann der Stuhl, die Welt war ja so neu für diese kleine Katze … und dann war da noch die schmierige Geländerbrüstung.

Dabei sollte Lou nur ein paar Stunden auf die kleine Katze einer Freundin aufpassen. Alles kam jetzt wieder hoch. Das Geschrei der Freundin, als die von ihrer Nachschreibeklausur zurückkam, die Vorwürfe, die Freundschaft der beiden, die letztlich darüber in die Brüche ging, Lous Depressionen … *Nein, reiß dich zusammen … du konntest nichts dafür … es war ein tragischer Unfall … du bist nicht schuld …!* Sie schlug sich mit beiden Händen gleichzeitig ins Gesicht…

»Hey Louise, was machst du?«

Lou blickte nach vorn, da stand Phil. Seine Augen gerötet, die Haare ganz zerzaust vom Wind.

»Ich … ich …«

»Ich muss zu ihr«, sagte Phil.

»Sie liegt unten in der Pathologie. Frag nach Dr. Endovsky.«

»Setz du dich schon mal in den Wagen, es wird nicht lange dauern. Ich will Ewa nur noch mal sehen …«

Lou stand auf, Phil ganz nah vor ihr, sie konnte nicht anders, sie musste ihn in den Arm nehmen. Sie drückte ihn fest an sich, er erwiderte ihre Umarmung. Für einen Moment hatte Lou das Gefühl, als ob ihm das guttun würde, ihre Arme um seine Hüften, als ob es ihm Kraft geben würde für das, was vor ihm lag.

Lou setzte sich in den Firmenwagen, Phil machte sich auf den Weg nach unten.

»Minus eins«, hatte ihm eine Krankenschwester noch nachgerufen, meinte damit die Stockwerkstaste im Aufzug.

Unten angekommen, roch er gleich diesen Geruch. Dieses elendige Gemisch aus Jod und Tod. Der Raum am Ende des Ganges, hatte man ihm oben gesagt. Mein Gott, wie wird sie aussehen? Wird er sie noch wiedererkennen? Sollte er sie nicht besser so in Erinnerung behalten, wie sie ihn heute Morgen noch angelächelt hatte? Er zog die Tür auf. Ein Vorraum mit zwei großen fahrbaren Bahren, die hintereinander standen, mit allerlei blitzenden Zangen, Sägen, Meißeln und Petrischalen. Daneben auf einem weißen Holztisch mehrere Glasgefäße mit irgendwelchen – will man besser gar nicht wissen – Sachen darin. Dann zog er wieder eine Tür auf, sah am Ende des großen Raumes zwei Männer über einen Körper gebeugt. Von weitem konnte er ihre Stimmen schon hören. Was er hörte, gefiel ihm gar nicht. Ganz und gar nicht.

»Schade um das junge Ding …«

»Schau mal, was haben wird denn da. Ich wette, das ist Gleitgel. Riecht jedenfalls danach. War wohl sehr aktiv, die Kleine?«

Dabei lachte einer der Typen.

»Ihre Titten, mein lieber Schwan …«

»Jetzt, wo du's sagst. Ich glaube, ich kenne die …«

»Wie, du kennst die?«

»Ich hab dir doch mal neulich von so einem Begleit-Service erzählt.«

»Ja?«

»Wenn mich nicht alles täuscht, habe ich sie mal zum Essen ausgeführt, dann anschließend im Hotel …«

»Bist du sicher?«

»Schau dir doch diese herrlichen Titten an. Oder glaubst du, so was vergisst man so einfach?«

»Wie war sie?«

»Ich sag dir, scharf wie ne Rasierk…«

»Entschuldigung, sind Sie Dr. Endovsky?«

»Ja, und Sie sind?«

»Philipp Terces. Ich bin hier, um meine Freundin noch mal zu sehen.«

»Wie heißt ihre Freundin?«

»Ewa Nemkowa?«

»Der Verkehrsunfall von heute Mittag?«

»Ja.«

»Warten Sie, Herr …?«

»Terces!«

Einer der Pathologen deckte Ewa wieder bis zum Brustansatz mit einem grünen Tuch zu.

»Ich will nur ihr Gesicht sehen. Ist sie das? Oh, arme kleine Ewa. Könnten Sie mich kurz mit ihr alleine lassen? Ist das möglich?«

Die beiden Pathologen traten zurück, entfernten sich. Phil trat näher an die Bahre, vermied unterhalb ihres Gesichts hinzusehen. Ihr Gesicht sah so friedlich aus, als wenn sie überhaupt keine Schmerzen gehabt hätte, was ganz sicher nicht der Fall war. Er nahm ihre Hand, die sich noch nicht kalt anfühlte, streichelte sie.

Dann beugte er sich nach unten, küsste ihren Mund, flüsterte ihr ins Ohr: »Jetzt müssen dich diese Typen in Ruhe lassen. Wieso blieb uns nicht mehr Zeit? Wir hätten es geschafft, bestimmt. Oh Ewa …«

Er ließ Ewas Hand los, wischte sich die Tränen ab. Dann ging er schnurstracks auf diesen Dr. Endovsky zu. Er packte ihn von hinten an den Schultern, drehte den grauhaarigen Pathologen um, schlug ihm mit der Faust auf den Kiefer.

»Das war für die Titten.« Phil holte wieder aus, schlug Endovsky in den Magen, »und das für dich, du verdammter Hurenbock!«

Der Kollege wollte einschreiten, doch Endovsky wiegelte ab.

»Lass ihn, Paul … Und Sie verschwinden jetzt besser, bevor ich die Polizei hole! Verstanden?!«

Phil stürmte zum Ausgang, riss die Schiebtüre auf, fuhr mit dem Aufzug wieder nach oben. Während der Fahrt beruhigte er sich ein wenig. Er ging noch rasch bei der Krankenhausverwaltung vorbei, fragte die junge Verwaltungsangestellte, was er alles beachten müsse, wenn er seine Freundin, die hier im Krankenhaus verstorben sei, nach Polen überführen wolle.

»Sie war Polin?«

»Ja!«, sagte Phil.

Worauf die junge Frau meinte: »Gut. Polen liegt ja inzwischen in der EU. Da ist es einfacher. Am besten, Sie nehmen die Broschüre da.«

Sie zeigte auf einen Korb auf dem Tisch, in dem grüne Broschüren lagen.

»Da steht alles drin. Hinten sind auch ein paar Adressen von Bestattern aufgeführt. Am besten, Sie lassen das alles die machen. Die kennen sich aus, haben Routine darin, wie man so schön sagt … Ach, bevor ich's vergesse, falls Sie oder das Bestattungsunternehmen noch Fragen haben, hier meine Karte. So, ich muss dann wieder, dringende Quartalsabrechnungen, Sie verstehen?«

Phil verabschiedete sich. Das Schlimmste würde sein, Ewas Eltern zu benachrichtigen. Bisher hatte er nur von ihnen gehört, sie aber weder gesehen noch gesprochen. Er wusste, dass sie sehr an ihrem

Nesthäkchen hingen. Ewa hatte in ihrem Berliner Kühlschrank immer Unmengen selbst gemachter polnischer Marmelade stehen, Würste vom Dorfmetzger, ja selbst Gurken hatten sie ihrem Küken immer mitgegeben, weil sie der Meinung waren, die polnischen seien die besten in Europa. Ewa hatte sich manchmal über ihre alten Leutchen lustig gemacht. Hätten schon Dritte Zähne, hören würden sie auch schlecht. Wie kann man in ihrem Alter auch noch ein Kind machen, lachte sie dann. Oh Gott, das würde schrecklich werden, dachte Phil, den alten Leutchen zu sagen, dass ihr kleines Mädchen nicht mehr lebte. Wie sollte er es ihnen überhaupt sagen. Am Telefon? Hinfahren? Doch sein Polnisch beschränkte sich auf Dzien' Dobry und tak, tak, was soviel bedeutete wie: Guten Tag, ja, ja. Nicht gerade perfekte Voraussetzungen, um so eine Nachricht zu überbringen. Vielleicht der Bestatter … vielleicht kennt der ja einen, der Polnisch kann?

Er musste erst mal raus aus diesem Laden, diese abgestandene Luft hatte er immer gehasst. Schon als kleiner Junge, als er mal eine Woche lang im Krankenhaus liegen musste, war ihm die Luft dort zuwider. Er hatte sich beim Skaten den Fuß gebrochen und weder seine Mutter, die mit hohem Fieber zu Hause im Bett lag, noch der Vater, der wieder mal auf Geschäftsreise war, konnten ihn besuchen. Nur seine eine Großmutter hatte ein Mal vorbeigeschaut, die anderen Großeltern lebten damals alle schon nicht mehr. Niemand zum Spielen, nur immer diese grässliche Luft, und das eine ganze Woche lang …

Draußen wartete Lou. Ihr Kopf lehnte am Fenster, die Augen geschlossen. Wenn man sie da so friedlich sitzen sah, wer käme da auf die Idee, was diese Französin heute schon alles hinter sich hatte, dachte Phil.

Phil öffnete die Fahrertür. Lou schlug die Augen auf.

»Verzeihung, ich muss eingedost sein?«

»Du meinst eingedöst?«

»Oh. Ich weiß, mein Deutsch ist wirklich ...«

»Quatsch. Du sprichst hervorragend Deutsch. Ohne Akzent. Woher eigentlich, wenn ich fragen darf ...?«

»Mein Vater war deutscher Diplomat in Bonn. Ich ging damals auf eine internationale Schule.«

»Verstehe.«

»Später dann in Paris hatte ich einige deutsche Freunde. Aber eigentlich verdanke ich mein Deutsch meinem Vater und unseren Briefen ...«

»Ihr habt euch Briefe geschrieben?«

»Mein Vater war oft weg von zu Hause. Meine Mutter schlug damals vor, ihm Briefe zu schreiben. Sie meinte, es würde ihn freuen, wenn ich ihm in seiner Muttersprache schreibe. Er war ja manchmal monatelang auf irgendwelchen Missionen unterwegs ... und Internet gab's damals noch nicht ...«

»Schon klar ... Ich würde ja gerne noch mehr von dir und deiner Familie hören, aber ich muss noch zum Bestatter. Macht's dir was aus, mich zu begleiten, oder soll ich dich erst zu Hause absetzen?«

»Nein, obwohl ich mich jetzt am liebsten betrinken würde ...«

»Geht mir genauso. Lass uns nachher wo hingehen.«

»Ja.«

Die beiden fuhren in die Veteranenstraße, wo sich laut Krankenhaus-Broschüre das nächstgelegene Bestattungsunternehmen befand. Um es kurz zu machen: Der Tod war auch in Berlin keine preiswerte Angelegenheit mehr. Erst recht nicht, wenn man den Sarg samt

Leichnam nach Polen überführen und noch einige kosmetische Korrekturen am Unfallopfer vornehmen lassen musste. Alles zusammen, je nach Aufwand des Leichnams, wie der junge Angestellte betonte – wobei das preiswerteste an Leichenhemd und Sarg bereits mit einkalkuliert war –, alles zusammen exakt dreitausendsechshundertfünfundzwanzig Euro ... Woher sollten Ewas Eltern diese Menge an Euros herbekommen? Er war auch nicht gerade flüssig, jedenfalls nicht bei solchen Summen.

Er wolle sich das noch mal überlegen, meinte er zu dem Bestatter, der verdutzt hinter seinem Schreibtisch hocken blieb.

Draußen meinte Lou: »Und verbrennen? So eine Urne lässt sich leichter transportieren.«

»Ich weiß nicht. So was möchte ich nicht alleine entscheiden. Wir sollten dazu Ewas Eltern befragen.«

»Du hast Recht. Weiß auch nicht, wieso ich das sagen konnte. So was steht mir überhaupt nicht zu.«

»Mediziner sind halt oft nüchterner als der Rest der Welt. Bringt die Arbeit wohl so mit sich.«

»Schön wär's«, sagte Lou, »vielleicht hast du ja Recht, wenn es um Chirurgen geht. Ich bin aber Wissenschaftlerin, keine praktizierende Ärztin mehr.«

»Du schneidest also keine Körper mehr auf?«

»Früher schon, war ja Teil meiner Ausbildung. Aber, wenn dir in einer Woche zwei Menschen unter dem Messer wegsterben ...«

»Seit dieser Zeit operierst du nicht mehr?«

»Ich meine, mich traf keine Schuld. Mein Chefarzt hat mir das mehr als einmal bestätigt. Bei einer perforierten Bauchaorta gibt's nun mal kaum Chancen.«

»Aber dann ...«

»Du meinst, warum ich dann trotzdem aufgehört habe mit Praktizieren? Es war besser für mich. Außerdem kann ich mit unseren wissenschaftlichen Forschungen den Menschen auch helfen. Für die Chirurgie bin ich einfach nicht abgehärtet genug.«

»Ich will nachher die Eltern von Ewa anrufen. Du kennst nicht zufällig jemand, der Polnisch kann, oder?«

»Leider nein.«

Die beiden stiegen wieder in den Wagen. Dann klingelte es in Phils Jackentasche. »Ja?!«

»Spricht hier Phil Terces?«

»Ja. Mit wem spreche ich?«

»Entschuldigung, ich Weronika Laminsky, ich Schwester von Ewa. Ich versuch Ewa schon gestern erreichen. Aber nur Mailbox. Ich muss sprechen sie, es ist passiert was Schreckliches mit Eltern. Weißt du, wie Ewa ist erreichbar?«

Phil hielt kurz das Mikro am Handy zu, meinte mit weit aufgerissenen Augen: »Es ist Ewas Schwester. Irgendetwas Schlimmes sei mit ihren Eltern passiert ...«

»Was ist passiert?«

»Ich weiß, du ihr Freund, aber muss Ewa das selber sagen, bitte, sag, wo ist Ewa?«

»Ewa ... Ewa ist tot.«

»Was? Das nicht wahr, das nicht ... Oh, Jesusch Maria ...«

Dann hörte Phil nur noch Schluchzen. Dann plötzlich ein Schrei nach Jaros. Jaros war Ewas Schwager, arbeitete für ein deutsches Architekturbüro in Warschau, erinnerte sich Phil an Ewas Erzählungen. »Jarooss ...«

»Bitte beruhig dich doch«, rief Phil in sein Handy. Dann hörte er Weronika irgendetwas auf Polnisch zu Jaros schluchzen ... Dann kam Jaros an den Hörer.

»Philipp, ist das wahr? Ewa ist tot?«

»Es tut mir so leid für euch. Ewa ist heute Mittag von einem Auto angefahren worden, die Ärzte haben noch alles versucht, aber die Verletzungen waren so ...«

»Oh mein Gott, das darf alles nicht wahr sein. Wieso lässt Gott so was zu? Ewa war doch so ein liebes Mädchen ...«

»Jaros, was ist mit Ewas Eltern?«

»Sie sind gestern Abend beide vom Blitz erschlagen worden.«

»Vom Blitz?«

»Sie waren wohl gerade auf dem Weg zurück von der Kirche. Man hat sie im Straßengraben gefunden.«

»Kein Autounfall?«

»Nein, die Dorfbewohner meinten, gestern war ein fürchterliches Unwetter über Stettin. Ihre Leichen waren auch ziemlich verbrannt ... Mein Gott, ich kann das alles immer noch nicht ...«

»Am besten, ihr kommt morgen nach Berlin«, schlug Phil vor.

»Ja. Ich werde mir freinehmen. Weronika muss sich um die Beerdigung und die Kinder kümmern. Warst du eigentlich schon bei einem Bestatter?«

»Gerade eben.«

»Wieviel will er? Ich meine, mit Überführung?«

»So dreieinhalbtausend.«

»Jesusch. Aber wir werden das Geld schon zusammenkratzen. Hab in den letzten Monaten ganz gut verdient. Noch was ... die Nummer, die Weronika gewählt hat, ist das deine einzige oder hast du noch eine?«

»Ich habe nur die. Ihr könnt jederzeit bei mir anrufen.«

»Machen wir. Ich werde versuchen, morgen Nachmittag in Berlin zu sein. Melde mich dann, wenn ich da bin.«

»Ist gut! Bis morgen.«

Lou schüttelte nur mit dem Kopf. Konnte nicht fassen, dass auch Ewas Eltern ums Leben gekommen waren.

Philipp dachte daran, dass in der Nacht, in der Ewa und er so hemmungslos gevögelt hatten, ihre Eltern getötet wurden. Weil er wollte, dass ihr Handygebimmel sie diesmal nicht stören sollte, hatte Ewa ihr Handy ausgemacht. Aber …

»Sag mal, hast du Ewas Handy?«

»Moment …« Lou kramte in ihrer Tasche nach dem Ding und gab es Philipp.

»Weißt du, was mich wundert? Ich habe doch Ewa noch heute Mittag auf dem Handy erreicht …«

»Ja, ich erinnere mich.«

»Dann hatte sie es ja offensichtlich wieder eingeschaltet. Ich versteh bloß nicht, warum sie dann von den Anrufen ihrer Schwester nichts mitbekam. Oder wusste sie davon?« Dabei schaute er Lou an.

»Nein, das hätte ich mitbekommen.«

Philipp blätterte in Ewas Handymenü. Doch was er entdecken konnte unter *Eingehende Anrufe*, waren nur drei Anrufe mit unbekannter Nummer.

»Unbekannte Nummer, merkwürdig«, meinte Phil. »Das heißt, wenn Weronika von einem alten Festnetzapparat angerufen hat … Die haben ja meist keine Rufnummernerkennung.«

»Könnte sein«, sagte Lou.

»Ich muss noch mal zu diesem Bestatter«, sagte Philipp.

Lou blieb im Auto sitzen. Phil lief zurück zum Bestattungsinstitut, erklärte dem jungen Angestellten, dass dieser den Auftrag habe – mein Gott, wie das klang, dachte er.

Zu dem Angestellten meinte er, dieser solle sich noch heute um Ewa kümmern, sie liege in der Pathologie der Charité, morgen Nachmittag käme ihr Schwager aus Polen, er dürfe seine Schwägerin auf keinen Fall so entstellt sehen.

»Dann unterschreiben Sie mal bitte hier. Ich werde sehen, ob die heute in der Charité schon den Totenschein ausstellen können, damit ich mich um die Tote kümmern kann. Sie wissen, dass noch eine Menge anderer Papierkram fällig wird, vor allem bei Auslandsüberführungen?«

»Ach ja?!«

»Da wäre der Leichenpass.«

»Der Leichenpass?«

»In diesem Fall auch in polnischer Übersetzung. Damit uns das Standesamt den ausstellt, brauchen wir die Sterbeurkunde, den Totenschein sowie eine Bescheinigung, dass eine ordnungsgemäße Einsargung Ihrer Frau …«

»Freundin.«

»… Ihrer Freundin vorliegt. Dann brauchen wir noch eine amtliche Bescheinigung, dass gegen die Überführung der Leiche keine gesundheitlichen Bedenken bestehen, was uns gegebenenfalls auch die Charité bestätigen kann. Eventuell benötigen wir auch noch eine Einbalsamierungsbescheinigung. Aber lassen Sie uns das nur machen, ist ja unser täglich Brot.«

Na, dann guten Appetit, dachte Phil.

»Bevor ich's vergesse. Hier die Karte dieser …«

»Ach, die Frau Mahnke. Die kenne ich gut. Bei der geht immer alles zack zack.«

»Na dann ...«

»Wie kann ich Sie erreichen?«

»0176 22...«

»Hab ich notiert! Wir rufen Sie an, wenn wir Ihre Freundin soweit haben ...«

Phil war froh, als er wieder draußen im Freien stand. Sonst hätte ihn dieser Bestatter womöglich noch mit Einzelheiten vertraut gemacht, was er alles benötigte, um Ewa wieder herzustellen ... und das, beim Ausmaß ihres zerstörten Körpers. Der Wind, der ihm ins Gesicht wehte, war nicht nur heftig, er besaß um diese Tageszeit diese typische Berliner Melange aus Dieselgeruch, Dönerfleisch und Dope. Die einen flüchteten wieder aus der Stadt, heim zu ihren Brandenburger Familien. Die anderen bekamen bereits wieder Hunger auf was Handfestes und die dritten standen den Rest des Tages nur noch mit gedrehter Betäubung durch.

Ein *Kolumbianer* wäre jetzt genau das richtige, dachte Phil. Sich einfach zudröhnen, einfach verschwinden aus diesem ganzen SCHLAMASSEL, sei es nur für ein paar Stunden, das wäre jetzt genau ... Geht nicht, mein Lieber, die Französin wartet im Auto, außerdem sitzt dein Lieferant gerade im Knast! Dann aber wenigstens ein paar Drinks, den Wagen kannst du auch stehen lassen. Gibt ja schließlich noch die U2 ...

»Ich kenn da einen guten Laden auf der Torstraße. Haben gute Drinks«, sagte Phil, während er die Fahrertür zumachte.

»Ich verlass mich da ganz auf dich. Solange sie auch Rotwein haben ...«, sagte Lou.

»Bestimmt.«

»Dann los.«

Plötzlich klingelte wieder Ewas Handy. Lou zog es aus ihrer Handtasche.

»Ja?!«

»Ewa, ich bin's, Professor Schöllkopf. Wir sind vorhin unterbrochen worden, hatte leider bis jetzt noch mit diesem Verwaltungskram zu tun. Was ich vorhin noch sagen wollte ...«

»Hier spricht nicht Ewa. Ich bin nur eine Freundin.«

»Wenn Sie so nett wären, mich mit Ewa ...«

»Bin ich nicht!«

»Warum?«

»Weil ... Hier, nimm du ihn«, sagte Lou sichtlich erregt, drückte Phil das Handy in die Hand, während er sich weiter auf den Verkehr konzentrieren musste.

»Hier spricht Phil. Ich bin Ewas, das heißt, ich war Ewas Freund ...«

»Hören Sie, Phil, ich habe keine Zeit für irgendwelche blöden Spielchen. Ob sie nun Ewas Ex-Freund sind oder nicht, könnte ich jetzt bitte Ewa sprechen?«

»Können Sie nicht!«, schrie Phil in den Hörer und brachte danach sein Auto in der zweiten Reihe mit eingeschalteter Warnblinkanlage zum Stehen.

»Ewa ist tot! Verstehen Sie, tot! Sie wurde heute Mittag bei einem Verkehrsunfall ...«

»Oh mein Gott, sagen Sie, dass das nicht wahr ist. Ich habe doch heute noch mit ihr gesprochen ...«

»Was glauben Sie, wie's mir geht? Ich komme gerade aus der Pathologie ...«

»Das ist eine Katastrophe. Was wird nun aus ihren Bildern? Mein Gott, die Messe, die Sammler, eine Katastrophe …«

»Ich habe wirklich andere Sorgen als ihre beschissenen Sammler …«

»Ich weiß, ich meine, mein herzlichstes Beileid. Bitte verzeihen Sie mir, dass ich so herzlos erscheine, aber wir haben bereits Verträge, einige Sammler kommen morgen extra aus den Staaten nach Berlin. Meinen Sie, ich könnte mich mit Ihnen morgen treffen, um Ewas letzte Bilder in ihrer Wohnung zu begutachten … Wissen Sie, sie ließ nur einen Teil ihrer Arbeiten in unseren Atelierräumen, aber die meisten ihrer Werke … vor allem ihre neuesten …«

»Meinetwegen. Aber Ewas Familie bekommt dann das Geld aus den Verkäufen!«

»Klar, das verspreche ich Ihnen.«

»Also morgen, zwölf Uhr. In der Tucholsky 134.«

»In Ordnung. Noch mal mein herzlichstes Beileid …«

»Danke …« Philipp legte das Handy in den Getränkehalter.

»Ich fass es nicht«, schüttelte Phil den Kopf. »Da sag ich diesem Kunstprofessor, dass eine seiner Studentinnen bei einem Verkehrsunfall getötet wurde, und der denkt nur an Ewas Bilder …«

»Kunst ist eben, wie alles heute, ein Scheiß… geschäft.«

Bei ihnen in der Forschung sehe es auch nicht besser aus, meinte Lou. Die Professoren würden dauernd von irgendwelchen Pharmatypen umlagert, die mit Summen um sich schmissen, wo jeder früher oder später schwach werden musste. Höhere Budgets erlaubten nun mal mehr Forschungen, was wiederum die Wahrscheinlichkeit auf Veröffentlichungen erhöhte, was dann dem Renommee des Professors zugutekäme, denn darum ging's ja heute: Aufmerksamkeit, Beachtung, Berühmtsein.

»Du meinst, bei euch sind die Pharmalobbyisten das, was in der Kunst die Sammler sind.«

»Warum nicht, wobei es sicherlich mehr ehrenhafte Kunstsammler als Pharmamanager gibt …«

»Auf jeden Fall mehr als Parkplätze, wenn ich das hier recht sehe. Warte, ich versuch's mal hier in der Seitenstraße … Wer sagt's denn.«

»Da kommst du doch nie rein«, sagte Lou.

»Frauen und ihr räumliches Vorstellungsvermögen sind zwei Paar Stiefel …«

»Wie? Stiefel?«

»Beides passt eben nicht unbedingt zusammen.«

»So ein Quatsch. Mir jedenfalls ist keine seriöse wissenschaftliche Untersuchung bekannt, die das bestätigt. Mag sein, dass Frauen mal unkonzentriert sind, aber das sind Männer auch …«

»Dann erklär mir mal, warum in Parkhäusern bei Frauenparkplätzen die Parkdeckpfeiler so häufig Lackabschürfungen aufweisen, auf den anderen Etagen aber kaum?«

»Zufall?«

»Es gibt keine Zufälle, nichts fällt einem zu, höchstens auf.«

»Wie sagt man bei euch im Deutschen, wenn jemand immer das letzte Wort haben muss?«

»Aber reingepasst hat der Wagen doch …«, sagte Phil mit triumphierendem Unterton, während er die letzten Lenkbewegungen ausführte.

»Aber du zahlst die ersten beiden Runden. Gibt's dort auch was zum Essen. Hab seit dem Frühstück …«

»Irgendwas werden sie sicher haben. Könnt jetzt auch was vertragen …«

Die beiden liefen vor zur Torstraße, überquerten mehrere Seiten-straßen, bis Lou Phil am Arm festhielt, weil er schon wieder, ohne nach rechts und links zu blicken, auf die andere Straßenseite wollte. Er schaute daraufhin Lou an: »Ja, du hast ja Recht.«

Als Lou die Tür des Lokals hinter sich schloss, war es für einen Moment ganz ruhig. Kein Autogehupe, kein Fahrradgeklingel, kein Kindergeschrei. Im nächsten Moment ein »ja, ich komme gleich« der jungen Kellnerin, das die Ruhe wieder durchbrach.
Philipp und Lou schauten sich im Lokal um. Bis auf einen Tisch, an dem mehrere junge Leute saßen, war alles noch frei. Kein Wunder um diese Uhrzeit. Sechzehn Uhr zehn, selbst Mittagspausenfreaks saßen schon eine Weile wieder an ihren Schreibtischen. Die jungen Leute, die gerade die Rechnung verlangten, mussten dem Tonfall nach Engländer sein. Auch die vielen Biergläser auf ihrem Tisch sprachen eine deutliche Sprache.
Lou entschied sich für einen kleinen Tisch im hinteren Teil des Raumes. Auf dem Weg dorthin fragten sie die Frau hinter der Bar, ob sie ihnen noch was Warmes anbieten könnte. Die Frau schüttelte mit dem Kopf, besann sich aber im nächsten Moment.
»Wir hätten nur noch Lasagne vom Mittagsmenü ...«
»Nehmen wir. Machen Sie es schön heiß. Und zwei Gläser Rotwein ...«
»Barolo ist okay?«
»Französischen haben Sie wohl nicht?«
»Nein, nur italienischen.«
»Dann eben zwei Barolo ...«, sagte Lou.
»Für mich noch ein Bier, bitte«, sagte Philipp.

»Becks oder Berliner?«

»Berliner …«

Lou redete hauptsächlich von sich und ihrer Familie, als ob sie das Thema Ewa ganz verdrängen wollte. Sie erzählte von ihrer Kindheit, die sehr behütet war, bevor sie dann mit dreizehn auf eine internationale Schule kam. Sie erzählte von ihrem Bruder, der heute mit seiner Frau in den Staaten lebte, erzählte von dem alten Familienhund Oscar, der schon über zwanzig Jahre auf dem Buckel hatte, aber immer noch bei seinen Ausläufen im Park nach anderen Hunden jagte, obwohl er doch so gut wie nichts mehr sah. Manchmal tat er ihnen richtig leid, wenn er versuchte, andere Hunde zu erwischen, weil er ständig in die falsche Richtung rannte. Doch Oscar schien das nie zu stören, er war wahrscheinlich nur froh, meinte Lou, wenn er ab und zu rennen durfte, weil ihn das an früher erinnerte. An eine Zeit, als Oscar bei Familienausflügen oft die dreifache Strecke zurückgelegt hatte, so häufig wie er damals zwischen den Hasen auf dem Feld und den Familienmitgliedern hin und her geflitzt war.

Oscar, meinte Lou, würde ihr jetzt wirklich guttun. Sie würde ihn jetzt gerne fest an sich drücken, er würde mit seiner Zunge über ihren Handrücken lecken, würde sie mit seinen treuen Augen anschauen und alles wäre wieder gut. Doch Oscar war nicht hier. Dabei habe sie jetzt schon Angst, dass ihr die Bilder von Ewas Unfall die Nacht über im Traum begegneten.

Was würde mit all den anderen Nächten sein, die noch vor ihr lagen? Würde sie jemals wieder ruhig schlafen können? Denn sobald sie die Augen schließe, sehe sie Ewa wie eine Spielzeugpuppe durch die Luft fliegen.

Phil versuchte sie zu beruhigen. Er nahm ihre Hand.

»Louise, du weißt als Medizinerin am besten, dass es eine Weile dauern kann, bis man so was verarbeitet hat. Mit der Zeit wird es besser, ganz bestimmt. Du hattest ja schließlich keine Schuld am Unfall. Dass wir beide noch unter Schock stehen, ist ja wohl …«

»Ich weiß … Bitte nenn mich Lou.«

»Mach ich. Lou«, sagte Phil.

Lou dachte, wie sie ihm je sagen konnte, dass sie doch Schuld an Ewas Tod trug, dass *Lou* das letzte Wort war, das Ewa aussprach, bevor sich ihre Augen verdrehten.

»Da kommt die Lasagne«, sagte Phil.

Lou lächelte. Schien die Lasagne schon mit den Augen aufessen zu wollen. Sie stürzte den Rest des Rotweins in einem Zug herunter. Anschließend drückte sie mit der Gabel die Lasagne in mundgerechte Stücke wie bei einem Stück Torte. Die Sauce, die überall auf dem Teller schwamm, saugte sie mit einem Stück Baguette auf. Phil war sich nicht sicher, ob er schon jemals eine Frau so heißhungrig eine Portion Lasagne hatte verdrücken sehen. Ihr Messer lag immer noch unberührt, blitzeblank auf der gefalteten Serviette. Plötzlich schossen Phil Gedanken an die Messer der Pathologen durch den Kopf. Wie sie an Ewas Körper herumschnitten, wie sie abfällig über Ewa sprachen … Sein Appetit auf ein Stück dampfende Lasagne war auf einmal wie weggeblasen, als er die rote Sauce an Lous Mund sah. Als ob sie sich gerade einen Teil von Ewa einverleiben würde.

»Komm, lang doch zu. Schmeckt gigantisch«, forderte Lou auf.

»Gleich. Trink nur noch mein Bier zu Ende …«

Dann griff er nach einem Stück Baguette, tauchte es schnell in die rote Hackfleischsauce, ohne dabei auf seinen Teller zu schauen. Er steckte sich das dampfende Zeug rasch in den Mund. Verdammt heiß, dachte er, aber der Bann war wenigstens gebrochen. Jetzt fing auch Phil an, die Lasagne zu essen. Schon bald gab es auch für ihn kein Halten mehr. Als dann die Bedienung vorbeikam, fragte, ob alles recht sei, meinten beide fast synchron: »Das Gleiche noch mal ...«

»Kommt sofort«, grinste die Bedienung.

»Noch ein Bier«, fügte Phil hinzu, während Lou sich über das zweite Glas Barolo hermachte.

Phil schob gerade wieder einen Bissen Lasagne in seinen Mund, da überraschte Lou ihn mit der Frage: »Möchtest du mir von Ewa erzählen?«

Phil würgte seinen Bissen schnell herunter.

»Bist du sicher, dass du das möchtest?«

2. Kapitel: Ewa & Phil

»Wie war sie so als Freundin? Wie habt ihr euch kennengelernt?«
Philipp merkte, wie er unter den Armen zu schwitzen anfing. Auch
seine Hände wurden auf einmal ganz feucht. Sollte er wirklich Lou
von seiner Beziehung zu Ewa erzählen? Schließlich kannte er Lou
ja erst seit ein paar Stunden.

Aber vielleicht tat es ihm ja gut, mal über die letzten Monate zu reden,
die ihm manchmal so vorkamen, als hätte er mit Ewa eine Beziehung
im Zeitraffer erlebt: Liebe, Lust, Wut, Streit, Kränkung, Eifersucht,
Festhalten, Loslassen … Es waren beileibe keine einfachen Monate,
auch wenn es immer wieder unvergessliche Momente gab, doch
wenn er ehrlich war, dann waren die Momente, in denen es ihm
beinahe das Herz zerriss, nicht gerade in der Minderheit.

Es dürfte nicht leicht sein, das alles Lou zu erzählen. Aber einmal, das
spürte er jetzt ganz deutlich, musste es aus ihm heraus. Nicht einmal
Matt hatte er bisher davon erzählt, obwohl Matt ihn schon öfter nach
seiner Beziehung zu Ewa gelöchert hatte. Und Matt konnte bisweilen
recht hartnäckig sein. *Sind Polinnen wirklich so wild im Bett, wie man
sich erzählt?* Leise sei sie ja nicht gerade. Doch Phil gab nur wenige
Details preis: Ewa habe eine ziemlich gute Menschenkenntnis, es
liefe ganz gut zwischen ihnen, sie sei eben wild, den Rest könne er
sich ja denken.

Als Lou ihn jetzt so anblickte mit ihren großen dunklen Augen, ihm
zu verstehen gab, *ich habe Zeit für dich und deine Geschichte mit
Ewa*, da fasste er Mut. Er nahm noch einmal einen großen Schluck
aus der Bierflasche, dann fing er an.

***

Bezeichnenderweise hatten sich Ewa und Phil kennengelernt, als Phil sich gerade von einer Party verpissen wollte. Die Abschiedsparty eines Kumpels, der beruflich nach Köln umziehen musste, hatte ihn schon eine ganze Weile genervt. Das war jetzt schon die dritte Party dieser Art in einem Monat. Phil konnte sich des Eindrucks nicht erwehren, als ob in letzter Zeit wieder mehr Berlin den Rücken kehrten, wenn auch nicht freiwillig. Die Stadt, meinten sie, sei ja schon das Geilste, was es gebe in Europa, aber wenn einem ständig Kohle wegen der miesen Bezahlung fehle, um hier ordentlich auf den Putz hauen zu können, dann müsse man eben früher oder später Konsequenzen ziehen. Sei ja nicht für immer ... Es waren nicht nur die Gespräche, die ihm auf dieser Party gehörig auf den Geist gingen. Die Musik war obendrein lausig, der Alkohol beinahe alle und die Tanten, die auf Kissen verstreut herumsaßen, so zugedröhnt, dass Abschleppen einfach keinen Spaß mehr machte, mal ganz abgesehen von den jämmerlichen Sauerstoffverhältnissen an jenem Abend. Matt war damals schon vor einer Weile aufgebrochen, mit irgend so einer Spanierin, die ihm unbedingt was zeigen wollte, was auch immer, wo auch immer das sein mochte an ihrem Körper. Jedenfalls hatte Matt das Richtige getan, die Party rechtzeitig zu verlassen. Gerade als Phil sich dann endlich aufraffte, diesem *Stoned Island* den Rücken zu kehren, sich bereits vom Gastgeber im Flur mit den Worten verabschiedete: »Pass bloß auf in Köln, da gibt's bedeutend mehr Jungs als Mädchen«, da ging plötzlich hinter ihm die Tür auf und jemand tippte ihn an die Schulter: »Die Party ist wohl nicht so der Bringer, was?«

Phil drehte sich um, und da stand Eva mit ihren blonden Haaren. Das heißt, da wusste er ja noch nicht ihren Namen. Aber ehrlich gesagt, ob sie nun nackt vor ihm gestanden hätte oder in diesem ähnlich vielsagenden hautengen roten Trägerkleidchen, wo nur noch der rote Apfel in der Hand fehlte, Zweifel bezüglich ihres Namens waren einfach nicht angesagt: So musste doch Eva aus dem Paradies ausgesehen haben, oder etwa nicht? Wie sie da vor ihm stand, so unglaublich sexy, mit diesem Killerlächeln, diese Kurven, wohin man auch schaute. Dann nahm Eva ihre Vorstellung selbst in die Hand.

»Ich bin Ewa. Und du?«

»Ich bin Adam. Ich meine, ich heiße Phil.«

»Lässt du mich jetzt rein? Oder willst du mir weiter den Weg versperren?«

»Ich schlage vor, wir zwei gehen woanders hin. Irgendwo was trinken, du erzählst mir von dir … Wann trifft man schließlich schon eine leibhaftige Eva.«

»EWA! Mit W bitteschön. Du meinst also, ich geh einfach so mit dir was trinken? Nachher bist du irgend so ein Langweiler und ruinierst mir den Abend?«

»Siehst du hier irgendwelche Alternativen?« Phil zog sie mit seiner Hand in den Flur, führte Ewa bis zur Wohnzimmertür, die offenstand.

»Da ist aber einer von sich überzeugt.«

»Und was ist mit dir?«

»Wie meinst du?«

»Wer so ein Kleid trägt, der kann ja wohl schwer Komplexe haben.«

»Machst du Frauen eigentlich immer gleich so an?«

»Eigentlich nicht. Normalerweise bin ich eher der schüchterne Typ …«

»Stimmt, und Männer werden schwanger ...«

»Doch, ehrlich, als ich dich sah, da muss irgendwas bei mir ausgesetzt haben.«

»Der Schalter für Hemmungen vielleicht?«

»So was in der Art.«

»Das soll ich dir glauben?« Dann zog sie Phil ganz dicht zu sich heran, schaute an ihm herauf.

»Ehrlich aussehen tun sie ja, deine Augen. Wo schlägst du vor, gehen wir hin?«

»Wie wär's mit dem *Tunnel*?«

»*Tunnel*? Nie gehört. Kenn normalerweise ne ganze Menge hier in der Gegend.«

»Is' so ein neuer Laden am Maybachufer. Gibt gute Drinks da.«

»Hast du ein Auto?«

»Sehe ich so aus?«

»Eigentlich nicht.«

»Wieso fragst du dann?«

»Man darf ja wohl noch träumen in meinem Alter. Dann Taxi? Doch nicht etwa U-Bahn?«

»Roller!«

»Rrroller?«

»Ziemlich markantes R hast du? Woher ...?«

»Stettin. Bist du jetzt enttäuscht, dass ich keine Deutsche bin?«

»Quatsch.«

»Was ist nun ein Rrroller? Ich kenne das Wort nicht.«

»Eine Vespa. Brumm, brumm, verstehst du?«

»Eine Vespa. Warum sagst du das nicht gleich ... Los, lass uns fahren.«

Im *Tunnel* war es schon rappelvoll, doch die beiden fanden noch ein Plätzchen, an dem sie sich unterhalten konnten. Zwar höchstens ein Quadratmeter zum Stehen, am hintersten Ende der Bar, aber immerhin. Phil hatte *Spreeufer* für beide besorgt, eine Mischung aus Whisky, ein paar Spritzern Granatapfelsaft und viel zerstoßenem Eis. Ewa trug noch immer die Jeansjacke, die sie von Phil für die Rollerfahrt ausgeborgt hatte. Die Juli-Nacht war zwar mild, doch mit knapp sechzig Sachen durch die Stadt war ihr dann doch zu kühl. Ewa erzählte von ihrem Kunststudium in Berlin, dass die Professoren klasse seien, nur das mit den deutschen Freundinnen gestalte sich ein bisschen schwierig. Die seien zu ehrgeizig, verbrächten den ganzen Tag bei ihren Bildern, oder koksten ständig in der Gegend rum. Dabei hätte doch Berlin, meinte sie, gerade im Sommer so viel zu bieten.

»Du willst mir jetzt aber nicht erzählen, dass du gar nichts nimmst?«

»Doch, schon. Aber nur ein bisschen Gras. Will mir schließlich nicht die Birne wegballern. Hab manchmal so Kopfschmerzen oder wie heißt das bei euch? Migrane …?«

»Migräne?!«

»Genau. Da ist so ein Joint manchmal ganz hilfreich.«

»Verstehe.«

»Was machst du so?«

»Game Developer, wenn dir das was sagt?«

»Das sind doch die Jungs, die für andere kleine Jungs Spiele entwickeln, damit die gar nicht mehr ihre Wohnungen verlassen, richtig?!«

»Mademoiselle kennen sich aus?«

»*Lord of Willcraft, Drive to Hell, Fly Me to the Moon* oder wie all dieses Zeugs heißt … Mein kleiner Neffe in Polen ist auch ganz verrückt danach. Aber seine Mutter hat ihm jetzt die Spiele weggenommen. Darf jetzt nur noch am Wochenende an seinen Computer, wenn Mami und Papi auch mal Zeit für sich brauchen, du verstehst …«

»Denke schon. Übrigens, *Fly Me to the Moon* ist von uns …«

»Wie wär's mit *Drive Me to My Appartment*?«

»Jetzt schon? Was ist mit dem angebrochenen Abend?«

»Denk mal nach, du Entwickler? Vielleicht fällt dir ja was ein, wie man den Abend noch so entwickeln könnte.«

»Ich hätte da schon ne Idee.«

»Du meinst, wir schauen uns Berlin von meiner Dachterrasse aus an?«

»So etwas in der Art«, lachte Phil.

»Auf was warten wir dann noch? Ist mir sowieso zu laut hier. Außerdem starren die Typen schon wieder die ganze Zeit auf meine Brüste.«

»Du bist gut. Ziehst so ein Kleid an und wunderst dich, dass du angestarrt wirst. Sieh's mal so, wer vom lieben Gott so beschenkt wurde, sollte es auch zeigen.«

»Problem ist, wenn die Typen mich so anstarren, habe ich dauernd das Gefühl, ich werde nur auf meine Titten reduziert. Mich im Sommer unter weiten Blusen verstecken, habe ich aber auch keinen Bock zu. Verstehst du das?«

»Du besitzt eben was, was dich für Typen unwiderstehlich macht, darauf kommt's doch heute an … bei der vielen Konkurrenz. Musst du dir eben mehr Zeit bei der Auswahl deiner Typen nehmen. Wie willst du sonst wissen, ob sie nur an deinen Möpsen oder auch an dir interessiert sind?«

»Wie hast du meine Brüste gerade genannt, Möpse? Ist das nicht die Pluralform einer Hunderasse?«

»Sagt man halt so bei uns ...«

»Ihr Deutschen seid schon ein merkwürdiges Volk. Nennt Brüste nach einer Hunderasse. Obwohl, Hunde liebt ihr ja auch über alles.«

»Auf den Mund gefallen scheinst du jedenfalls nicht zu sein. Dann war das vorhin mit der Dachterrasse auch kein Scherz?!«

»Kluges Karlchen ...«

»Kerlchen!«

»Genau. Ich mag das, wenn Jungs nicht nur mit ihrem ...«, dann fuhr sie mit beiden Zeigefingern ungefähr zwanzig Zentimeter auseinander, lachte dabei, »denken.«

Zwei Typen am Nachbartisch schauten betreten weg, da sie Ewas Lachen offenbar falsch interpretierten. Glaubten wohl, alles unter dieser Größe würde Ewa für einen schlechten Witz halten ...

Worauf Phil meinte: »Oh Gott, so groß. Dann habe ich ja *gute* Karten, meiner ist nämlich höchstens so ...« Dann nahm Phil den Strohhalm aus seinem Drink, knickte ihn in der Mitte durch, hielt ihr das Ergebnis vor die Nase.

Worauf Ewa konterte: »Das glaube ich dir nicht. Lass mal fühlen ...«

Dann griff sie blitzschnell zwischen seine Beine.

»Fühlt sich doch gut an. Immer vorausgesetzt, er käme bei mir jemals zum Einsatz, was er natürlich nicht tun wird, das verstehst du doch?«

»Du spielst gerne, oder?«

»Wir bei uns in Polen nennen so was nur direkt. Was das Spielen angeht, das ganze Leben ist doch ein Spiel, wer weiß das besser als du? Mal gewinnt man, mal verliert man. So ist das eben.«

»Gehen wir jetzt trotzdem zu dir?«

»Aber sicher doch. Ich will dir ja meine schöne Aussicht zeigen …«, sagte Ewa.

Während Phil mit Ewa zurück nach Mitte fuhr, dachte er: Was für ein Luder. Sie spielte mit ihm wie mit einem kleinen Jungen, dem man ständig ein rotes Spielzeugauto vor die Nase hält, ihm dann seelenruhig erklärt, vielleicht dürfe er ja irgendwann mal damit spielen, aber jetzt eben noch nicht … Dabei war sie erst zweiundzwanzig und wusste schon verdammt genau, wie sie Männer verrückt machen konnte.

Die Wohnung in der Tucholskystraße war groß, genauer gesagt etwas über einhundertfünfzig Quadratmeter, wie Ewa stolz erklärte. Für eine Studentin eigentlich viel zu teuer, dachte Phil. Doch Ewa klärte ihn rasch auf: Überzeugungskraft mit ein bisschen Glück hätten ihr geholfen, diese einmalige Gelegenheit an Land zu ziehen. Die Miete sei wirklich erschwinglich, meinte sie, Platz für ihre Malerei hätte sie nun auch. Das kleine Zimmer reiche für ihre Kleider und zum Schlafen. Das große Zimmer sei geradezu perfekt zum Malen, bis zum Nachmittag gebe es immer gutes Nordlicht, sprudelte es aus ihr heraus. Ihre Mitbewohner hätten wohl gleich beim ersten Gespräch einen Narren an ihr gefressen. Am meisten punktete sie mit ihrer Aussage, dass sie sehr ordentlich sei, kein Problem damit habe, die ganze Wohnung pikobello in Schuss zu halten. Natürlich nur, wenn sie nichts dagegen hätten. Dabei grinste sie Phil an, der gleich verstehen sollte, wieso die Typen so großes Interesse daran hatten, dass die Wohnung während ihrer Abwesenheit in gutem Zustand blieb. Mit Raumpflegerinnen hatten die beiden nämlich in den letzten Jahren so ihre Erfahrungen gemacht. Immer wieder wären Sachen verschwunden, meinten sie … So kam es dann, dass Ewa bei den beiden Typen einziehen konnte, die Wohnung oft den halben Monat für sich alleine hatte. Weil der eine Musiker und ständig auf Tour war und der andere Architekt und ständig zwischen Denver und Dubai unterwegs, waren beide wohl im Laufe der Zeit davon abhängig geworden, ihre Vorstellungen von Ästhetik und Klang unter die Menschheit bringen zu müssen.

»Keiner der beiden wollte was von dir? Das glaube ich dir nicht …«, sagte Phil, während Ewa ihm eine Flasche Bier aus dem Kühlschrank holte.

»Ehrlich gesagt, gewundert hat mich das am Anfang auch. Es hat 'ne ganze Weile gedauert, bis ich rausfand, dass mein Architekt schwul war und mein Musiker auf reifere Frauen stand. Aber mir war's recht. So gab's wenigstens kein Stress in unserer WG. Ich glaube, die beiden sehen in mir so nur was wie ihre kleine Schwester.«

»Ich jedenfalls nicht.«

»Hätte mich auch gewundert. Komm, wir gehen auf die Terrasse.«

Phil ließ sie vorgehen. Ihre kleinen Pobacken raubten ihm schier den Verstand. Sie waren stramm, wackelten jedoch bei jedem Schritt. Wie gerne hätte er ihr jetzt das Kleid hochgerissen, sie an die Brüstung gedrückt, sie hemmungslos von hinten gefickt. Irgendwie wurde er das Gefühl nicht los, sie konnte seine Gedanken erahnen. Kaum draußen angekommen, stützte sie sich am Terrassengeländer ab, bog ihr Kreuz leicht durch, streckte ihm ihren Hintern zum Greifen nahe entgegen.

»Sag, ist diese Aussicht nicht herrlich? Ein Traum, findest du nicht?«

»Kann man so sagen.«

Dieser verdammte Stoff, der ihren Körper nachzeichnete, als sei sie schon nackt. Ob sie überhaupt ein Höschen trug? Verdammtes Luder, dachte er.

»Phil, hörst du mir überhaupt zu?«

»Was hast du gerade gesagt?«

»Ich sagte, von hier aus kannst sogar meine Kunsthochschule sehen.«

»Ah ja?«

»Phil, nun starr nicht dauernd auf meinen Arsch …«, lachte sie, ohne sich dabei umzudrehen. »So besonders ist er nun auch wieder nicht.« Allein schon wie sie das Wort Arsch aussprach, mit diesem rollenden R, hätte genügt, um sie auf der Stelle zu … Aber er wollte sich beherrschen, ehrlich …

»Ich finde, die Leute machen eine viel zu große Sache um Sex. Was ist denn schon so Berauschendes dabei: Du schiebst mir das Kleid hoch, stellst fest, dass ich kein Höschen drunter trage, was dich scharf macht, streifst deine Hose runter, dringst in meine Muschi ein, sofern dein Schwanz hart genug ist, merkst, dass sie feucht ist, hast ja in der Hektik dein Kondom vergessen, was bedeutet, dass du nicht in mir abspritzen darfst …, jedenfalls stöhnst du, packst mich an meinen Brüsten, faselst irgendwas Unanständiges in mein Ohr, und wenn du Glück hast, bekommst du noch mit, wie ich stöhne, weil es gerade anfängt, mir Spaß zu machen, doch dann kannst du dich nicht mehr beherrschen. Mein Kleid ist anschließend ruiniert und ob wir uns jemals wiedersehen, ist mehr als fraglich.«

Ewa hatte dabei die ganze Zeit auf die Lichter der Stadt geschaut, sich nicht einmal zu Phil umgedreht. Phil stand direkt hinter ihr, hätte ihr jetzt am liebsten den Arsch versohlt, so heftig, dass sie zwei Tage diese Schläge noch gespürt hätte, doch er beherrschte sich.

»Wenn man dich so reden hört, könnte man glatt denken, dass dich Sex nur noch langweilt. Oder hast du schon so viele negative Erfahrungen gemacht?«

»Wie man's nimmt. Aber seien wir doch mal ehrlich: Entweder sind die Schwänze zu klein oder sie spritzen schon nach zwei Minuten. Von richtigem Lecken, ich meine so, dass du als Frau schier den Verstand verlierst, davon reden wir lieber erst gar nicht …«

»Du bist wirklich ein kleines M…« Phil wollte gerade ausholen, um ihr einen kräftigen Schlag auf ihren Arsch zu geben, da zog sie mit ihrer Hand geschwind das Kleid nach oben, meinte ganz lässig: »Na, Phil, immer noch Lust, dich zu bedienen? Oder schwächelt da etwa einer?«

Was nun folgte, behielt Phil für sich, obwohl Lou heftig protestierte. Jetzt, wo's spannend würde, da würde er kneifen. Doch Phil blieb dabei, mehr Details bekäme Lou von ihm nicht zu hören. Phil fand sowieso, dass er sich für seine Verhältnisse viel zu weit vorgewagt hatte, schließlich redete er sonst auch nie über sein Liebesleben, geschweige denn über Details. Dass er bei Lou so weit gegangen war, wunderte ihn selbst. Er stand eben noch immer unter Schock, da war eben alles anders, dachte er. Doch die erste Nacht mit Ewa würde er wohl nie vergessen, egal wie viel Alkohol er trinken, egal wie viele Pillen er ab jetzt auch einwerfen würde. Er ließ sie wieder auftauchen, diese Nacht auf der Terrasse, kramte jedes noch so kleine Detail hervor, auch die schmutzigen, während Lou auf die Toilette verschwand. Der viele Wein, meinte sie, sie sei gleich wieder da … Glauben wir ihr das mal …

***

Von Schwächeln konnte weiß Gott keine Rede sein, von hemmungsloser Gier auf Ewas Körper dagegen schon. Phil griff ihr von hinten zwischen die Beine, seine Finger rutschten quasi von allein in ihre glitschige Spalte. Er drehte sie um, zog sie an sich, küsste sie. Als beide wieder Luft holen mussten, keuchte sie: »Fick mich endlich. Worauf wartest du?«

»Das hättest du wohl gern. Aber bevor du meinen Schwanz bekommst, machen wir dich erst noch ein bisschen verrückt.«

»Was machst du … Phil?«

Phil zog sie an ihren Haaren zum nächsten Liegestuhl, warf sie auf das weiche Polster. Dann griff er nach der Bierflasche, die auf dem kleinen Tisch stand, stellte sie neben den Liegestuhl. Anschließend zog er Ewa das rote Kleid hoch, so dass sie nackt bis zum Bauchnabel mit gespreizten Beinen vor ihm lag. Er riss sich Hemd und Hose vom Leib, zog Ewa an ihren Armen weiter nach oben, so dass ihre Beine über den Lehnen baumelte und ihre Haare hinter dem Kopfende des Liegestuhls hinabhingen. Er legte sich mit seinem Oberkörper auf den unteren Teil des Polsters, wo normalerweise die Füße lagen. Dann fing er an, mit seiner Zunge ihre blank rasierte Muschi zu lecken. Ewas Becken bewegte sich unruhig hin und her. Sie wusste, sie war ihm ausgeliefert. Phil ließ seine Zunge erst über ihren Kitzler wandern, lutschte dann mit der Zungenspitze in kreisenden Bewegungen daran. Dann fuhr er mit Daumen und Zeigefinger ihre Lippen auseinander, leckte deren Innenseiten, die im Geschmack einem Schluck Limone mit Aprikose sehr nahe kamen. Ewa knetete immer heftiger ihre Brüste, zog dabei immer wieder an ihren Nippeln. Phil griff nach der Bierflasche, gab schäumendes Bier auf ihren kahlen Hügel. Ewa versuchte ihr immer lauter werdendes Stöhnen durch Bisse in das Polster zu mildern, was ihr aber nur bedingt gelang. Dann griff Ewa nach Phils Haaren, wollte sein Tempo verlangsamen, doch Phil war nicht zu bremsen. Wie auf einem Touchpad zog er mit dem Daumen ihre Klitoris nach oben, so dass sie sich steil aufgerichtet vor ihm erhob. Er nahm die kleine Perle in den Mund, lutschte daran wie an einem Bonbon, fickte dabei gleichzeitig mit zwei Fingern ihr Loch. Rein, raus, immer schneller, immer heftiger. Ewa konnte ihre Schreie nicht mehr unterdrücken. Ihr ganzer Körper zitterte, er wusste, dass sie bald soweit war. Er ließ zunächst von ihr ab, dann steckte er mit voller Wucht seinen Schwanz in ihr enges Loch, worauf sie aufschrie, reflexartig ihre Beine um seine Hüften schlang. Phil zog Ewa noch näher zu sich, legte ihre Füße auf seine Schultern. Ewa stöhnte: »Fick mich härter. Oh mein Gott, ich komme, oh Mann, stopp …«

Doch Phil stoppte nicht, bis sie ihre Fingernägel in seinen Hintern krallte, damit sie die Wellen, die jetzt durch ihren Körper jagten, besser genießen konnte. Phil verharrte in ihr, genoss das Zittern ihrer Bauchdecke. Er ließ ihr Zeit, bis ihr Körper sich wieder beruhigte, bis das Zittern ihres Leibes nachließ, bis ihr heftiges Atmen wieder normal wurde. Dann küsste er ihren Mund und sagte: »Noch einen Wunsch, Mademoiselle?«

Ewa stammelte nur: »Wunschlos, absolut wunschlos. Lass mir noch ein bisschen Zeit …«

»Da bin ich ja beruhigt.« Phil erhob sich, griff nach der Bierflasche. Er lief zu Terrassenbrüstung, nahm dabei einen kräftigen Schluck. Ewa hatte sich leise hinter ihn geschlichen. Plötzlich spürte Phil Ewas Hand an seinem Schwanz, die ihn gleich heftig zu massieren begann. Phil drehte sich um, Ewa war schon in die Knie gegangen, fing an, seinen Schwanz zu blasen. Und zwar so, wie Männer das im Allgemeinen sehr mögen: Vom Schaft langsam nach oben zur Eichel. Oben angekommen lutschte sie seine Eichel, dabei presste sie mit ihrer Hand den Schaft seines Schwanzes ganz fest, wobei sie mit ihrem kleinen Finger sanft in seine Eier drückte. Auch als sie mit ihrer Hand wieder nach oben fuhr, hielt sie den starken Druck aufrecht. Plötzlich stoppte sie, schob den inzwischen hart gewordenen Schwanz langsam tief in ihre Kehle. Als sie ihn dann behutsam wieder rauszog, fuhren ihre Zähne an diesem pochenden Etwas entlang. Entweder hatte sie schon verdammt viel Erfahrung mit Schwänzen gesammelt oder aber recht fleißig unanständige Filmchen geschaut. Dann fing sie auch noch an, an seinen Eiern zu saugen, er merkte, wie sich da langsam, aber sicher etwas zu befreien versuchte. Seine Eier zogen sich fester zusammen, sein Schwanz war dem Platzen nahe, seine Oberschenkel fingen an zu zittern, sein Hintern spannte sich in immer kürzeren Abständen an, ohne dass er auch nur das Geringste dagegen hätte tun können …

»Spritz auf meine Brüste, ich mag das!«, befahl Ewa, während der Speichel aus ihrem Mund auf seinen Oberschenkel tropfte, als ob Phil schon in ihrem Mund gekommen wäre und der überschüssige Rest sich nur seinen Weg ins Freie suchte.

»Ich … oh … oh, fuck …«

»Wow, so viel?!«

Dann verrieb Ewa sein Sperma auf ihren Titten bis fast hoch zu ihrem Hals. Schien es zu genießen.

»Besser, wir gehen uns frischmachen«, lachte sie.

Phil folgte ihr nach drinnen. Die beiden wuschen sich in der engen Dusche das Ergebnis ihrer Lust von den Körpern. Nachdem beide sich abgetrocknet hatten, jeder mit einem großen Badetuch um die Hüften vor dem Waschbecken stand, fragte Ewa: »Möchtest du meine Bilder sehen?«

»›Nein‹ ist wohl keine Option?«

Ein dezenter Rippenstoß von Ewa genügte dem lächelnden Phil als Antwort.

Er folgte ihr auf dem quietschenden Dielenboden. Am Ende des Gangs öffnete sie eine große Tür, machte das Licht an. Der Raum war groß. Überall waren Bilder, manche bloß an die Wand gelehnt, manche befanden sich noch auf einer Staffelei. Überall standen Gefäße mit angerührten Farben oder Gläser mit Pinseln auf dem Boden. Weite Teile des Bodens waren mit Folie ausgelegt, auf der Hunderte von Farbklecksen verstreut waren.

Ein Bild, lediglich an die Wand gelehnt, stach ihm besonders ins Auge. Nicht wegen der grellen Farben – Aubergine mit Gelb –, nicht wegen der Größe – bestimmt zwei auf zwei Meter –, sondern wegen des großen Frauenkopfs, der von einem kräftigen, orangenen Strahl getroffen schien.

Auch die kleinen Teststreifen, die an die Wand gepinnt waren, zeigten Frauenköpfe, mal mit, mal ohne Haare, aber immer mit diesen seltsam verzerrten Gesichtszügen, als ob all die Frauen irgendwelche Schmerzen hätten …

***

Lou war zwischenzeitlich wieder von der Toilette zurückgekehrt und Phil erzählte ihr von Ewas Bildern und diesen merkwürdigen Frauenköpfen …

***

»Was bedeuten die Köpfe für dich?«

»Wollte so verschiedene Arten von Schmerz zum Ausdruck bringen: Verlust, Einsamkeit, Alter, Tod ...«, sagte Ewa.

»Klingt ja recht düster«, sagte Phil.

»Keine Sorge, ich leide nicht unter Depressionen, wenn du das meinst. Obwohl, ein bisschen depressiv sind wir ja alle hin und wieder.«

Sie könne nichts dagegen tun, diese Themen beschäftigten sie einfach, meinte Ewa. Vielleicht seien es auch ihre Kopfschmerzen, die ihr in letzter Zeit so zu schaffen machten. Man bekäme da eine Ahnung, wie es später im Alter sein konnte, wenn man krank und gebrechlich sei, wenn Freunde oder die Familie wegsterben und man ganz allein zurückbliebe.

»Ist bei dir ...?«

»Mein Großvater vor zwei Jahren. Sein Herz hörte einfach auf zu schlagen. Aber alle bei uns in der Familie glauben, es war wegen Großmutter.«

Er sei nie über ihren Tod hinweggekommen, meinte Ewa. Sie sei vor vier Jahren beim Kirschenpflücken von der Leiter gestürzt, habe sich dabei das Genick gebrochen. Alles nur, weil sie Großvater unbedingt einen Kirschkuchen zum Geburtstag backen wollte!

»Aber deine Eltern, die leben noch?«

»Gott bewahre. Ihnen geht es gut ... Komm, lass uns wieder nach draußen gehen, die Nachtluft genießen.«

Nachdem beide eine Weile schweigend auf dem Liegestuhl gelegen hatten, eng umschlungen in den Nachthimmel starrend, fragte Ewa plötzlich: »Hast du Geschwister?«

»Leider nicht.«

»Ich hatte einen älteren Bruder. Ist aber vor Jahren ums Leben gekommen. Aber habe ja noch 'ne ältere Schwester. War sozusagen immer das Nesthakchen.«

»Du meinst Nesthäkchen.«

»Genau. Das Nesthäkchen und das Einzelkind. Dann sind wir wohl beide verwöhnt, wie?«

»Verwöhnt? Kommt darauf an.«

»Wie meinst du?«

»Geld für Klamotten und Studium war immer genug da, dafür bekam ich meinen Dad aber fast null zu Gesicht. Und wenn, dann hat er sich null für mich interessiert. Vor fünf Jahren dann sein Herzinfarkt. Zack. Bumm. Aus.«

»Oh, das tut mir leid. Und deine Mutter? Die lebt aber noch?«

»Ja. Seit sie wieder als Augenärztin in Indien arbeitet, sehe ich sie zwar seltener, so zwei Mal im Jahr, dafür gibt's unsere regelmäßigen Internet-Chats.«

»Augenärztin in Indien, klingt ja spannend. War dein Vater auch Arzt?«

»Nicht, dass ich wüsste, aber er kannte viele, war Vorstand in einem Pharmaunternehmen, wenn du verstehst?«

»Ah ja. Mein Vater hat auch mit Sündern zu tun. Ist Pfarrer, wenn du verstehst?«

»Dann war Geld wohl öfters ein Thema bei euch zu Hause? Bei drei Kindern?«

»Meine Eltern besitzen noch einen Bauernhof und ein paar Äcker. Konnten daher jedem von uns 'ne Ausbildung ermöglichen und mir sogar ein Studium.«

»Ist vermutlich kein kleiner Bauernhof?«

»Etwas größer ist er schon, wobei jetzt nicht mehr. Daran bin ich schuld.«

»Du?«

»Sie mussten zwei ihrer besten Äcker verkaufen, um mir das Studium zu finanzieren. Glaub mir, ich wollte das nicht, aber sie waren einfach nicht davon abzubringen. Aber ich werde ihnen das Geld irgendwann zurückgeben, das habe ich mir geschworen. So, wie's aussieht, werde ich das auch bald schaffen.«

»Schon einige Bilder verkauft, was?«

»Kann man so sagen.«

In der Nacht trieben es die beiden noch ein paar Mal miteinander. Unersättlich fickten sie sich durch die halbe Wohnung. Auf dem Boden, in Ewas Bett, auf dem Sessel im Flur, im Bad über dem Waschbecken, an der Tür zu ihrem Malzimmer. Sie kratzte, sie biss, sie leckte und stöhnte, er packte und ritt sie, seine kleine polnische Stute, zog an ihrer blonden Mähne, um sie zu zähmen, gab ihr Schläge auf den Hintern, um sie wieder anzufeuern. Beide waren wie im Rausch. Fast schien es, zwei Vampire saugten sich gegenseitig das Blut aus ihren Adern. Erschöpft sanken sie dann irgendwann im Morgengrauen in Ewas Bett, verschliefen den halben Tag. Es muss gegen zwölf gewesen sein, als Phil die Augen aufschlug, weil ihn der Baulärm der Straße geweckt hatte. Wie sie so neben ihm lag, so friedlich, so unschuldig, so engelsgleich, kein Mensch würde darauf kommen, dass sie noch vor ein paar Stunden seinen Schwanz zwischen ihren Brüsten zum Abspritzen gebracht, die letzten Tropfen aus seinen Eiern gesaugt, sich mit ihrer feuchten Muschi auf sein Gesicht gesetzt hatte, um dann mit seiner Zunge und ihren Fingern endlich Erlösung zu finden.

Während Phil seinen Arbeitgeber anrief, erklärte, dass es ihm heute nicht so gut ginge, er dafür morgen das Versäumte nachhole, da wachte Ewa neben ihm auf, rieb sich die Augen, meinte mit kratziger Stimme.

»Was hältst du von einem Picknick am See? Wir beide fahren raus nach Potsdam. Sag Ja!«

Wer hätte da schon Nein sagen können. Nicht, weil er nicht genug von ihr kriegen konnte, das sowieso. Nein, weil sie auf einmal das liebevolle Mädchen von nebenan sein konnte, ihm sanft über die Haare strich, ihn mit ihren großen Augen anstrahlte wie ein verliebter Teenager, er sich unweigerlich fragte, ob das wirklich dieselbe Frau war. Konnte es sein, dass sie all diese Facetten bereits in sich trug? Und wenn ja, welche offerierte sie ihm wohl als nächstes? Dann, wie aus dem Nichts, kniete sie sich vor ihn hin, versuchte mehr recht als schlecht mit ihren Händen ihre Brüste zu bedecken, meinte dabei unschuldig: »Wir mögen dich!«

»Wir?«

»Na, meine Möpse … und ich.«

Wer so was jemals erlebt hatte, den hätte es auch erwischt. Dabei wusste Phil nicht im Geringsten, auf was er sich da eingelassen hatte. Er hätte wissen müssen, dass Frauen wie Ewa einem nie alleine gehörten. Niemals, unmöglich, hors de discussion! Doch sag das mal einem, der gerade dabei war, den Verstand zu verlieren, der sich endlich am Ziel seiner Träume glaubte … Dabei war der Tag am Glienicker See eigentlich ein Traum. Perfektes Wetter, perfektes Wasser, perfekte Lady. Das Obst, das die beiden in einem kleinen Dorf hinter Gatow von einem Bauer gekauft hatten – frische Himbeeren und Erdbeeren wie aus Großmutters Garten –, war auch eine Wucht. Genauso wie die abgelegene Bucht mit weichem Sand und schützendem Schilfgras. Nur sie beide, weit und breit niemand, der sie stören konnte. Keine Ossis, keine Wessis, nicht einmal nervige Rentner auf ihren Altersvorsorgebooten, die einem, wenn sie in Ufernähe ankerten, nackt, üppig, faltig wie Gott sie hatte werden lassen, schon einmal den Tag versauen konnten mit ihrem lauten Gequatsche über: *Früher war alles besser ... verdammte Banker ... unter Kohl hätte es so was nicht gegeben.* Nur ein paar Enten umkreisten die beiden im Wasser, schauten ihnen zu, wenn sie sich küssten, wenn sie nicht voneinander lassen konnten.

Es muss so gegen neunzehn Uhr gewesen sein, die Sonne war auch schon drauf und dran, sich zu verabschieden, da kam dieser Anruf. Dieser verdammte Anruf, der Phil im Nachhinein wie ein Keulenschlag treffen sollte. Dabei war der Anruf gar nicht für ihn, sondern für Ewa. Sechsmal hatte es schon geläutet, bis Ewa endlich ihr Handy aus ihrer Tasche fischte. Als ob der Anrufer ganz genau wüsste, dass Ewa immer etwas länger brauchte, bis sie ans Telefon ging; und dass sie auf jeden Fall ranginge, wenn diese Nummer im Display aufblinkte, auch das schien er zu wissen, dieser verdammte Anrufer.

»Sorry, aber es ist wichtig.«

»Wohl dein Galerist?«, fragte Phil noch völlig ahnungslos.

Ewa lief mit dem Handy ein paar Meter weiter, so dass Phil nur Bruchstücke verstehen konnte.

»Heute Abend noch? ... Muss das ...? ... Preisvorstellung? ... Hotel de Rome?! ... Sag ihm, bin um ... da.«

»Was war das denn gerade für ein Anruf?«

»Hast du gelauscht?«

»Nur ein paar Fetzen mitgekriegt … Hotel de Rome … Preisvorstellung …«

»Ich will darüber jetzt nicht reden!«

»Warum nicht? Hast du noch einen anderen Typen?«

»Phil, hör auf. Ich mag das nicht. Du musst nicht alles wissen!«

»Schon gut, wenn du nicht willst. Dann behalt halt dein kleines Geheimnis für dich.«

»Mein Gott, nun sei halt nicht sauer. Das gerade eben war rein geschäftlich, mehr nicht …«

»Rein geschäftlich. Klingt interessant, Frau Kunststudentin. Muss ja ein wichtiger Galerist oder Kunstsammler sein, wenn du dich mit ihm extra im besten Hotel der Stadt triffst. Warum eigentlich im Hotel?«

»Komm schon, ist gut jetzt. Der Tag war bisher so schön, lass uns das nicht verderben.«

»Wie du meinst. Musst selbst wissen, was du tust.«

»Ganz recht. Außerdem kennen wir uns erst seit achtundvierzig Stunden. Bisschen früh, um schon Ansprüche zu stellen, findest du nicht?!«

»Ist gut, hab's kapiert. Komm, hilf mir bei den Sachen hier.«

Phil legte hastig die Decken zusammen und stopfte sie anschließend in seine Tasche. Dann gab er Ewa die Schale mit den restlichen Erdbeeren. Ewa tat sie in ihre Tasche, die um ihre Schulter hing. Sie lief vor zum Wasser, sammelte die beiden Plastikflaschen ein, aus denen beide vorher getrunken hatten. Keiner sprach ein Wort, während sie die Reste vom Tag am See in ihre Taschen packten. Ewa gefiel die eingetretene Stimmung gar nicht, so fasste sie sich ein Herz.

»Hast du morgen Lust auf Abendessen bei mir?«

»Wie?«

»Ich meinte, ob du morgen zum Abendessen zu mir kommen möchtest?«

»Mal sehen.«

»Was soll das heißen, mal sehen? Hast du nun Lust oder keine?«

»Was kochst du?«

»Glaub mir, es wird dir schmecken. Es gibt Fischfilet und frisches Gemüse mit Currysahnesauce, dazu gutes polnisches Bier.«

»Ich komme.«

Da wusste er, dass er ihr nicht mehr böse sein konnte, obwohl es ihn immer noch wurmte, dass sie ihm nicht sagte, was das für ein merkwürdiges nächtliches Treffen mit diesem Mr. Unbekannt war. Doch sie hatte Recht. Wie kam er dazu, so neugierig zu sein. Schließlich kannte sie ihn erst seit ein paar Stunden. Wo stand schließlich geschrieben, dass sie ihm alles anvertrauen musste, nur, weil er sie ein paar Mal ficken durfte. Vielleicht war es aber gerade das, was ihn immer noch aufwühlte, dass sie so schnell mit ihm ins Bett ging. Vielleicht war sie einfach nur eine kleine Schlampe, die mit vielen in der Stadt rumvögelte. Schließlich war sie jung, sah zum Anbeißen aus. Morgen, wenn er zu ihr ging, hätte er auf jeden Fall Kondome dabei, sagte er sich.

»An was denkst du?«

»Hab mir nur gerade vorgestellt, wie du wohl mit Kochschürze aussiehst ...«, sagte er.

»Ich werde auf jeden Fall was drunter tragen, falls du daran dachtest.«

»Dachte ich nicht. Aber jetzt, wo du's sagst. Was rede ich, dann könnte ich mich sicher nicht mehr aufs Essen konzentrieren ...«

»Genau. Lass uns fahren, Game Boy.«

Auf der Fahrt zurück nach Berlin klammerte sie sich heftiger an ihn als noch auf der Hinfahrt. Es war ihm, als wolle sie ihm damit etwas sagen. *Egal, was ich heute Nacht auch tue, dich verlieren möchte ich nicht, nur bitte frag mich nicht. Nicht jetzt, nicht heute, am besten nie mehr ...*

Natürlich konnte er sich auch getäuscht haben, konnte ihr fester Griff um seine Hüften auch lediglich bedeuten, dass sein Tempo ihr zu schnell war, da hinten auf der Vespa. Phil fuhr schließlich des Öfteren über Gelb, überholte riskant mehrere Pkws, drängelte mit gewagtem Tempo in den Gassen wartender Autos bis zur Ampel vor: Die Heerstraße, der Kaiserdamm konnten ein Lied davon singen ...

Vor Ewas Wohnung ging alles dann recht schnell. Ein Kuss zum Abschied, ... *bis morgen um acht*, Ewa wollte schon die Türe aufschließen, als Phil ihr noch zurief: »Tu nichts, was ich nicht auch tun würde ...«

»Wird schwer werden.«

»Warum?«

»Weil das, was ich tue, du bestimmt nie tun wirst ... Bis morgen, Gamy ...« Sprach's und verschwand hinter der Eingangstür.

Phil hasste seinen Spruch sofort. Warum er auch blöd sein musste, ihr das mit diesem *tu nicht ...* zu sagen? Dabei wollte er doch nur von ihr hören, ... *mach dir keine Sorgen.* Plötzlich kroch dieses seltsame Unbehagen unter seinen Helm, als ob einen etwas im Wald verfolgte, man es zwar nicht sah, aber man wusste, es war da ... Er kam nur bis zur Torstraße, dann setzte er seinen Helm ab, kramte sein Handy heraus. Er rief seinen Mitbewohner Matt an, von dem er wusste, dass er an warmen Sommerabenden meistens im Kikki war, entweder an der Bar mit einer neuen Hottie oder mit Freunden unten am Ufer.

»Hallo, du Abtaucher«, meldete sich Matt.

»Bar oder Ufer?«, wollte Phil wissen.

»Ufer.«

»Besorg mir 'nen Rockford. Bin in zehn Minuten da. Machst du das?!«

»Geht klar, bis gleich.«

Ein Rockford war jetzt genau das, was er brauchte. Whiskey mit einem Schuss Ale, einem Schuss Limone und viel, viel Eis …

Die Runde, die unten am Wasser saß, ließ gerade einen frischen Kolumbianer herumgehen, als Phil dazukam. Matt reichte Phil zur Begrüßung den Joint. Die Jungs kannte er nicht, eines der Mädchen schon. Es war die Spanierin, die Matt auf der *Leaving Berlin Party* abgeschleppt hatte. Vom Typ war sie so ne Art Paz Vega aus dem Film *Lucia und der Sex,* nur eben jünger und größer, aber ihr Grinsen stand dem ihrer berühmten Landsmännin in nichts nach. Sie hatte ihr Bein lässig über Matts gelegt, starrte Phil an …

»Du bist also Matts Companiero? Sag uns doch mal, warum deine Freundinnen im Bett immer so laut sind?«

Phil warf Matt einen fragenden Blick zu, obwohl klar war, dass sie das nur von Matt haben konnte, das mit dem laut sein.

»Liegt das an dir?«

»Oh Gott, nein, dazu bin gar nicht in der Lage. Ich habe in letzter Zeit leider nur das Pech gehabt, immer auf Frauen zu treffen, die so unglaublich übertreiben müssen. Kaum berührst du die, stöhnen die schon auf, als ob du wer weiß was mit ihnen angestellt hättest …«

Die andern grinsten, die Spanierin nicht. Ihr Blick verriet, dass sie sich nicht sicher war, ob Phil das gerade ernst meinte oder sie nur verarschte.

Sie: »Aha …«

Doch bevor sie noch was nachlegen konnte, unterbrach Phil sie, fragte: »Wenn wir schon dabei sind … Wie steht's denn mit dir? Bist du leise oder laut? Oder sollte ich da besser Matt fragen?«

Alle wandten ihre Blicke von ihr ab, starrten nun auf Matt, der auf einmal rot im Gesicht wurde, sich aber schnell wieder fing.

»Definitiv lauter als die Deutschen, aber …«

»Aber was?«, wollte Ricarda, die Spanierin, wissen.

»… aber leiser als die Engländerinnen.«

»Bastardo!« Dann warf sich die Spanierin auf Matt, drückte ihn in den Sand, bis sie auf ihm zu liegen kam. Die anderen lachten. Phil dachte, der Abend würde ihm guttun, musste er doch so wenigstens nicht an Ewa denken und was sie heute Nacht so alles anstellte. Vielleicht war ja auch alles ganz harmlos, vielleicht … Jedenfalls wurde der Abend noch recht promillehaltig. Mal sorgten die Mädchen für Nachschub, mal die Jungs.

So gegen elf verabschiedeten sich zwei der Jungs, wollten noch rüber zur Bar 25, so dass nur noch Phil, Matt, seine Spanierin und ihre Freundin übrigblieben. Sie hieß Virginia, kam aus Lettland, studierte hier Agrarwissenschaften.

Als die beiden Frauen mal kurz auf die Toilette verschwinden mussten, stupste Matt Phil an: »Was hältst du von dieser Virginia?«

»Hübsch, aber nicht mein Fall.«

»Ich meinte, nimmst du ihr das ab, das mit der Studentin?«

»Wieso nicht?«

»Hast du mal ihre Handtasche gesehen?«

»Wieso?«

»Hermès, kostet ein Vermögen.«

»Hat halt einen Oligarchen als Daddy oder dieses Ding ist 'ne Kopie …«

»Phil, denk mal nach. Lettland, Litauen, Polen, na, klingelt's?«

»Ne, also bei mir nicht.«

»Mensch, Phil … Also mal angenommen, diese Virginia hat keine reichen Eltern, woher glaubst du, hat die das Geld für eine Hermès-Tasche, das neueste iPhone und dieses Mini-Cabrio?«

»Das neueste iPhone und einen Mini hat sie auch?«

»Ja, Mann, wenn ich's dir doch sage. Ich habe sie mit Ricarda im Mini herfahren sehen.«

»Du meinst, sie lässt sich von einem Sugar-Daddy aushalten?«

»Ich würde sagen, nicht nur von einem … Eine gewöhnliche Nutte ist sie jedenfalls nicht. Keine aufgeklebten Fingernägel, keine Extensions, alles an ihr ist super gepflegt wie bei 'nem Model.«

»Kennst dich aber gut aus, mein Lieber.«

»*E-Scort1.com*, da bekommst du ne ganze Liste mit Agenturen, die diese Beautys vermieten.«

»Nicht dein Ernst?!«

»Doch!«

»Ricarda auch?«

»Habe ich, Gott sei Dank, noch nicht dort gefunden. Aber ehrlich gesagt, ich glaub nicht, dass sie …«

»Warum nicht?«

»Na, sie geht jeden Tag brav zur Uni, abends treffen wir uns immer bei ihr oder wir ziehen los. Wann soll sie denn da noch Zeit haben für andere Typen?«

»Komm, Matt, so lange kennst du sie nun auch wieder nicht. Könnte sich ja schließlich 'ne Auszeit genommen haben von ihrem *Job* …

Vergiss nicht, sie ist immerhin Virginias Freundin.«

»Freundin ist vielleicht zu viel gesagt, die beiden kennen sich erst seit ein paar Tagen. Ricarda hat sie im Watergate angequatscht … Du, da kommen sie.«

Phil nahm einen großen Schluck aus seinem Glas, schaute den beiden Frauen zu, wie sie lachten, wie sie sich plötzlich gegenseitig in die Hintern kniffen und dabei den Sand mit ihren nackten Füßen in die Luft kickten. Phil überkam auf einmal große Unruhe, die seinen ganzen Körper zu ergreifen schien. Seine Halsschlagader pochte heftiger, sein Magen fühlte sich an, als würde er gerade durchgeschleudert, seine Hände gruben sich in den Sand, als wolle er schon mal eine Grube für sich vorbereiten. Eine Grube, in die er … Was, wenn Ewa auch eine …? Wenn sie auch bei einer Escortagentur …? Der Anruf heute Nachmittag, dieses abendliche Treffen im Hotel de Rome mit diesem Mr. Unbekannt? Dann das Geld, das sie bald ihren Eltern zurückzahlen wollte. Wenn er sich doch nur alles einbildete? Der Kolumbianer von vorhin war schließlich alles andere als leichtes Zeug.

Er musste nach Hause, musste an sein Laptop, musste sich Gewissheit verschaffen … Aus Polen kommt sie auch. Man weiß ja schließlich … quatsch, gar nichts weiß man. Als ob alle Polinnen, die hier in Berlin lebten, Callgirls wären … *Du spinnst, Phil, du spinnst,* hämmerte es in seinem Kopf. Doch die Ungewissheit nagte an ihm, bis er es schließlich nicht mehr aushielt, den anderen drei sagte, dass er morgen früh raus müsse und deshalb leider nach Hause ginge, worauf sie ihn fragend anschauten.

Matt: »Bist du sicher? Es ist doch erst halb zwölf.«

»Bin ich. Viel Spaß noch«, sagte Phil.

Auf dem Weg nach Hause jagten ihn die nächsten Fragen: Wie bloß konnte er sie im Netz finden? Wenn sie überhaupt dort abgelichtet war? Welche Stichworte würden seine Suche einschränken? Außer Matts *E-Scort1.com* hatte er ja nichts. Ewa würde keine x-beliebige Agentur ausgesucht haben ... *Keywords, denk nach ...*

Zuhause tippte er dann in seine Tastatur: Highclass Escort, Exclusiv Escort in Berlin, VIP Compagnion, Luxury Escort, exklusiver Begleitservice, International Beauties for rent in Berlin ... Elite Escort ... Berlin.

Dass es dann so viele Agenturen gab, die in Berlin hübsche Frauen zum Mieten anboten, hätte er nicht gedacht. Noch mehr irritierte ihn die Tatsache, dass es auch im Highend-Bereich allein über vierzig Agenturen gab, mit teilweise dreißig und mehr Mädchen im Angebot. Mal boten sie ihre Dienste weltweit, mal ausschließlich in Berlin und Brandenburg an, wobei er sich fragte, wer in Brandenburg für einen Abend schon so viel Geld hinblätterte, geschweige denn für ein Wochenende oder mehr. Im ersten Fall lag der Stundensatz im Schnitt bei vierhundert Euro, für ein Wochenende wurden dann schon mal dreitausend, für eine ganze Woche dann mindestens achttausend Euro aufgerufen.

Eines fiel besonders auf: Die teuersten Mädchen gab es ab einem Meter vierundsiebzig und Körbchengröße B, wobei bei ihren Brüsten immer Wert darauf gelegt wurde, dass es sich um Naturausführungen handelte – ab 75 C gab's dann sogar zwei Ausrufezeichen (Natur!!). Die meisten dieser Highclass-Escorts waren mehr als nur hübsch, hatten absolute Modelgesichter, Figuren, dass einem die Spucke wegblieb, obwohl man manchen Bildern durchaus ansah, dass da mit Bildbearbeitungsprogrammen nachgeholfen wurde. Die Übergänge waren dann meist verschwommen. Doch vermutlich blieb dies den meisten Kunden verborgen. Ihre Augen waren da wohl großzügiger als die von einem geschulten Game-Designer. Mit Sicherheit waren einige dieser Frauen früher tatsächlich mal Models, waren von ihren Agenturen nur irgendwann aussortiert worden oder hatten sich selbst aus dem Rennen geworfen. Man kannte das aus der Presse: ein, zwei Verstöße gegen das Betäubungsmittelgesetz, und auf dem Catwalk bedeutete das *Aus die Maus.*

Interessant, fand Phil, dass je höher die Preise der Beautys stiegen, man umso weniger über ihre sexuellen Neigungen erfuhr. Nicht wie bei den Low-Budget-Ladys ein paar Seiten zuvor, wo man für einhundertfünfzig Euro die Stunde beinahe alles von ihnen erfahren und verlangen konnte ... Ob sie es gern zu dritt, mit einer Freundin oder einem Freund des Gastes tun wollten. Ob sie devot oder eher dominant veranlagt waren. Ob sie auf FT (Französisch Total, inklusive Schlucken), NS (Natursekt), FS (Face Sitting) oder DS (Dildo-Spiele) standen, womöglich sogar eine gewisse Vorliebe für AA (Anal Aktiv) oder AP (Anal Passiv) hatten. Das alles erfuhr man bei den Highclass-Ladys nicht. Dass sie von herzlichem bis wildem Temperament waren, dass sie bei allen Arten von Events für charmante Begleitung und geistreiche Gespräche sorgen konnten, dies fließend in mindestens zwei oder drei Sprachen, das allerdings durfte Mann erfahren. Wie auch den Umstand, dass sie kleine Aufmerksamkeiten von Gucci, Prada, Bottega Venetta oder Louis Vuitton durchaus zu schätzen wüssten, wobei es nicht nur Parfum und Taschen sein durften, wie eine Agentur lässig bemerkte. Phil musste dabei an die Ehefrauen dieser noblen Herren denken, die sicher schon froh wären, wenn sie von ihren Männern wenigstens hin und wieder ein Fläschchen Eau de Toilette mitgebracht bekämen, von diesen ach so anstrengenden Businesstrips.

Ewa hatte er immer noch nicht gefunden. Wobei, Ewa würde sie sich sowieso nicht nennen, dachte er. Aber wie dann? Flora, Jocelyn, Annouk, Emmly, Kira, Elenka, Valentina, Kassandra … Es half nichts, er musste sämtliche Agenturseiten durchklicken. Es schien kein Ende zu nehmen mit diesen Seiten. Doch dann, er wollte schon aufgeben für diese Nacht, da klickte er auf die Seite von 7th Heaven – las … Stunning Beauties, Awesome Ladies, Unbeliebable Divas … zu Deutsch: Vergesst die anderen, hier werden eure Träume wahr! Einige der Frauen, die er durchklickte, waren wirklich unglaublich. Nicht nur umwerfend schön, auch ihre Berufe – Ärztin, Pilotin, Architektin – waren zumindest ungewöhnlich in dieser Branche. Vermutlich prangte auch deshalb bei einigen von ihnen ein Pixelbalken über ihren Augen oder ihre Haare waren so ins Gesicht drapiert, dass man sie nicht eindeutig erkennen konnte. Andere wiederum ließen sich nur von hinten oder der Seite aufnehmen, mal in Abendrobe, mal im Bademantel, wobei ihre Beine oder ihr Dekolleté stets gut zu sehen waren … Eines war auch noch auffällig, war auf keiner der anderen Agenturseiten zu finden: Ein rot blinkender Stern am Ende einer textlichen Beschreibung, die da lautete: Über andere Aktivitäten als reinen *Begleitservice (Sightseeing, Lunch, Diner, Eventbegleitung) entscheidet ausschließlich die Dame, niemals! der Herr. Verstöße dagegen werden mit dauerhaftem Ausschluss des Klienten geahndet.* Wer diese Frauen sah, wer über ihre Körper scrollte, der konnte, nein, der musste einfach verstehen, dass diese Frauen nicht mit jedem ins Bett stiegen. So bildschön, wie sie waren, hatten sie es schlicht nicht nötig. Wenn doch, weil Sex nun mal ein menschliches Bedürfnis war, dann dürfte es mit Sicherheit ein nettes Extrasümmchen kosten, um herauszufinden, ob sie beim Sex stöhnten oder ob sie nur kamen, wenn man sie leckte und anschließend kräftig rannahm …

Er war schon beinahe am Ende der Seite angekommen, da blinkte plötzlich ein himmelblaues Hinweiskästchen auf: *Brand New Entries,* Neuzugänge. Die eine war dunkelhaarig, kam aus Paris, studierte Pharmazie; die andere, brünett, Psychologiestudentin, gebürtig aus Budapest; die dritte stammte aus Kapstadt, war angehende Architektin mit feuerroten Haaren. Wer sich da zu entscheiden hatte, konnte einem leidtun.

Dann sah er sie. Sah er Ewa, das heißt, hier nannte sie sich Weronika, geborene Warschauerin, dem Kunststudium verschrieben. Ihr Lächeln war unverkennbar, trotz des breiten Pixelbalkens über ihren Augen. Alle anderen Fotos zeigten Ewa von der Seite, wobei die blonden Haare ihr halbes Gesicht bedeckten. Phil erfuhr ihr Sternzeichen, sie war Steinbock. Er erfuhr ihre Größe. Sie maß angeblich exakt einen Meter siebzig, wog zweiundfünfzig Kilo, trug ein 70 D-Körbchen. Sie liebte die Literatur, die Kunst, das Meer, hatte eine Vorliebe für den Schauspieler Bradley Cooper, schwärmte für die mediterrane Küche. Alles Dinge, die Phil lieber von ihr persönlich erfahren hätte. Doch er war ja selbst schuld. Niemand hatte ihn schließlich gezwungen, über Ewa zu recherchieren. Weronika aus Warschau … wen hatte er da nur kennengelernt … Er machte seinen Mac aus, dann das Licht, war definitiv zu müde, um sich noch die Zähne zu putzen. Erschöpft schlief er auf dem Bett ein, seine Sachen immer noch an.

Stunden später klingelte Phils Mobiltelefon. Wer wie Phil *All is forgiven* von *Alekesam* als Klingelton hatte, braucht zwar eine

Weile länger, um einen Anruf zu bemerken, aber die Beats dringen dafür spätestens nach fünf Sekunden so unvermittelt ins Ohr, dass Weiterschlafen keine ernsthafte Option ist.

»Ja?!«

»Ich bin's, Ewa. Würdest du bitte zu mir kommen? Ich weiß, es ist schon spät …«

»Jetzt? Hat das nicht bis morgen Zeit?«

»Der Abend mit diesem Typen war … er war jedenfalls ziemlich mies. Ich würde dich jetzt gern bei mir haben, verstehst du das?«

»Ist gut. Sagen wir, in einer halben Stunde.«

»Danke, Phil … Klingel bei Van Mer.«

Ihre Stimme klang anders als sonst, kein bisschen Fröhlichkeit. Was wohl passiert sein mochte? Ob dieser Typ ihr was angetan hatte? Wohl besser, er sagte ihr erst mal nichts von seinen Recherchen. Das Dumme war nur, er wusste jetzt Dinge von ihr, von denen sie nicht wusste, dass sie wusste. Dabei mochte er keine Geheimnisse. Genau wie seine Mutter. Sie durfte schließlich so manches Geheimnis seines Vaters lüften, was beileibe oft nicht leicht zu ertragen war: weder mit welchen Frauen er sie betrog, noch wie oft er seinen Geliebten dieselben Geschenke machte, nur, dass die Farben manchmal variierten. Oder die Ferienwohnung, die er hinter ihrem Rücken für eine seiner Gespielinnen kaufte, nur drei Kilometer entfernt von dem Anwesen, wo er mit Phil und ihr früher öfters Urlaub gemacht hatte. Als Phil noch ein Teenager war, meinte seine Mutter einmal zu ihm: »Geheimnisse zu hüten ist immer schmerzhafter als sie preiszugeben, weil die Wahrheit einen befreit, die Lüge aber nicht.«

Er zog sein hellgraues Kapuzen-T-Shirt über, donnerte sich zwei Handvoll Leitungswasser ins Gesicht, putzte kurz seine Zähne, griff nach seiner Jeansjacke und stand keine zehn Minuten später vor Ewas Haus. Er drückte die Klingel, ein lauter Summton ertönte, worauf sich die Eingangstür öffnete.

Oben im dritten Stock erwartete sie ihn an der Tür. Weißer seidener Bademantel, weiße Tennissocken, die Haare noch feucht, ein rotes Frottiertuch um ihren Nacken. Sie sah erschöpft aus, ihre Augen gerötet. Wenigstens in ihrem Gesicht keine blauen Flecken oder Kratzer. Sie nahm ihn mit in die Küche, bat ihn noch um einen Moment Geduld, der Espresso würde gleich fertig sein. Um an die zwei Espresso-Tassen im Oberschrank zu gelangen, musste sie sich auf die Zehenspitzen stellen. Dabei spannten sich ihre zarten Waden an. Ihr Hintern unter dem eng geschnürten Bademantel trat nun deutlicher hervor. Als ob sie wieder mal nichts drunter trug. Keine Chance für seine Augen, woanders hinzustarren. Er hätte sie auf der Stelle … Es war einfach unglaublich, wie schnell sie einen verrückt machen konnte. Ein bisschen Wadenfleisch, ein bisschen Hintern, schon fiel man in Darwins Artenlehre gleich tief nach unten … dorthin, wo normalerweise nur noch Triebe und Instinkte zu herrschen pflegten.

Doch bevor er noch ganz hinabrutschte, stellte sie ihm die dampfende Espresso-Tasse auf den Tisch, sagte: »Du würdest es bestimmt früher oder später selbst herausgefunden haben.«

»Was?«

»Dass ich nebenbei als Escort arbeite.«

»Als was?«, tat Phil ahnungslos.

»Du weißt schon, als charmante Begleitung für Geschäftsmänner oder exklusives Sightseeing.«

»Um dich dann anschließend durchzuvögeln?«

»Ich weiß, du bist jetzt sauer, denkst bestimmt, ich bin 'ne … Bin ich aber nicht. In meiner Agentur entscheiden nur die Frauen, ob sie mit den Kunden mehr machen wollen als nur Begleitung.«

»Du willst mir also weismachen, dass du bisher noch keinen von diesen Typen an deine Wäsche gelassen hast? Wusste gar nicht, dass du so sadistisch veranlagt bist.«

»Ich habe nie gesagt, dass ich nicht auch ab und zu Lust verspüre.«

»Sag's ruhig. Tu dir nur keinen Zwang an. Bist schon mit Typen ins Bett gegangen, wenn dir einer gefiel, richtig?«

»Kam ein paar mal vor, gebe ich zu. Ich meine, ich hatte ja in letzter Zeit keinen festen Freund …«

»Verstehe, wir kennen uns ja erst kurz.«

»Phil, lass das. Das mit uns ist was … das weißt du.«

»Was war jetzt heute Nacht mit diesem Typen, wegen dem du mich extra aus dem Bett geklingelt hast? Bist du mit seinen Spielchen nicht zurechtgekommen?«

»Kann man so sagen … wobei, ein Spiel war es nicht, mehr so ne Art Therapie.«

»Ne Therapie. Mit Handschellen oder was?«

»Nein. Der Kunde war schon zweimal in den letzten Wochen bei mir. Ich musste nur den Arztkittel anziehen und die Brille seiner Frau aufsetzen …«

»Klingt ja abgefahren.«

»Seine Frau kam vor drei Monaten bei einem Badeunfall ums Leben. Sie war Ärztin, er muss sie wohl sehr geliebt haben. Jedenfalls sagt er das immer, wenn ich seine Frau spiele. Er sitzt dann nackt vor mir, will, dass ich ihn mit einem Stethoskop abhöre.«

»Er ist nackt? Was trägst du unterm Kittel?«

»Dessous. Wir hatten aber keinen Sex, wenn du das meinst. Mit ihm könnte ich auch gar nicht. Er ist ein kleiner, übergewichtiger Spanier, schrecklich behaart überall.«

»Wie unterhaltet ihr euch? Auf Spanisch?«

»Er spricht nur Englisch mit mir. Stellt mir dann so Fragen wie, ob ich ihn je geliebt habe, ob ich ihm je seine Affären verzeihen könne. Muss dann immer mit ja antworten.«

»Ganz schön durchgeknallter Typ.«

»Bisher war immer alles ganz easy. Wenn die Zeit abgelaufen war, zog er sich wieder an und verschwand.«

»Das war alles?«

»Na ja, manchmal sollte ich ihm auch eine runterhauen. Er meinte, er brauche das, damit er sich besser fühlt.«

»Hast du?«

»Zuerst wollte ich nicht. Aber dann bot er mir 500 Euro für jeden Schlag.«

»Da kann man nicht meckern. Wie oft hast du zuge…?«

»Nicht mehr als drei, vier Mal … «

Aber heute sei er dann plötzlich ausgeflippt, meinte Ewa. Eine Wahrsagerin hatte ihm angeblich vor ein paar Tagen die Augen geöffnet. Seine Frau sei bloß eine Schlampe gewesen, die mit dem halben Krankenhaus herumgevögelt hätte, deshalb müsse er sie jetzt bestrafen, schrie er sie an.

Der Spanier habe daraufhin eine Peitsche ausgepackt, so ein grässliches Ding mit spitzen Nägeln an den Lederriemen, meinte Ewa mit aufgerissenen Augen.

»Hab's dann gerade noch geschafft, aus dem Zimmer zu kommen. Wer weiß, was der sonst mit mir angestellt hätte.«

»Na toll! Also doch nicht so leicht verdientes Geld.«

»Ich weiß, aber meine bisherigen Kunden waren immer total korrekt. Werde den Job wohl nicht mehr lange machen. Noch ein paar Wochen höchstens.«

»Wieso hörst nicht gleich auf? Glaubst du, du hast ewig Glück?«

»Ich will meinen Eltern aber das Geld zurückzahlen.«

»Denkst du, sie wollen dein Geld, wenn sie wüssten, wie du es … na ja, wenigstens zum Teil verdienst? Denkst du das wirklich?«

»Ich will, dass sie endlich mal stolz auf mich sind. Nicht immer nur ihr kleines Mädchen sehen, das immer beschützt, immer unterstützt werden muss, verstehst du das?«

»Verstehe, das Geld stammt ja von deinen verkauften Bildern?!«

»Na und, ein paar habe ich ja schließlich verkauft.«

»Trotzdem, du sagst deinen Eltern nicht die Wahrheit.«

»Das ist nur ein kleines Geheimnis. Solange ich damit umgehen kann …«

»Kannst du das wirklich? Was war mit heute Abend?«

»Ich weiß. Ich werd gleich morgen mit dem Agenturchef reden, damit mir so was in Zukunft erspart bleibt.«

»Wie soll das gehen? Sollen sie dir etwa Bodyguards mit aufs Zimmer schicken? Glaube kaum, dass sich das dann noch für die rechnet.«

»Fürs Erste würde es ja schon reichen, wenn ich keine Termine mehr auf Hotelzimmern annehmen muss.«

»Wenn du meinst. Aber reduziere wenigstens die Zahl deiner Termine.«

»Ach süß, du machst ja dir wirklich richtig Sorgen.«

»Du ja wohl auch. Oder warum hast du mich sonst aus dem Bett geklingelt?«

»Ehrlich gesagt. Ich hatte auch Lust auf dich nach diesem ganzen Schlamassel heute Nacht. Ich weiß, was du jetzt denkst: Was für ein verrücktes Huhn. Erlebt so ne Scheiße und hat dann noch Bock auf Sex. So bin ich nun mal. Schwer zu verstehen, aber unwiderstehlich.« Dann stand sie auf, öffnete ihren Bademantel, ließ ihn langsam an sich hinabgleiten, beugte sich über den Küchentisch, meinte dabei grinsend: »Wenn der Herr sich bitte bedienen möchte. Es ist angerichtet.«

Was nun folgte, verschwieg Phil wieder der neugierig gewordenen Lou, die so gerne Einzelheiten erfahren hätte. Sie meinte, er habe eine Gabe, Dinge zu erzählen, dass es einem wirklich schwerfiele, sich davon wieder zu befreien. Doch alles Bitten um mehr Details half nichts, für Phil gab es Grenzen und die waren nun mal jetzt erreicht. So fasste er das Geschehen mit den Worten zusammen: »Was sollte ich machen. Sie hatte mich eben wieder rumgekriegt.«

In Wirklichkeit lief das Ganze nicht ganz so nüchtern ab. Während sie *es ist angerichtet* sagte, packte sie mit beiden Händen ihre Pobacken, zog sie leicht auseinander, so dass er den Eingang zu ihrem Paradies deutlich sehen konnte. Dann nahm sie zwei Finger ihrer Hand, leckte daran, um im nächsten Moment damit in ihre Muschi zu fahren. Dabei lächelte sie Phil an, als ob Jane Austen ihm gerade ein Plätzchen zum Tee reichen würde. Abgefahren, wirklich abgefahren, dachte Phil. Dann nahm er seinen Teelöffel, rührte kräftig in ihrer kleinen Tasse herum. So kräftig, dass Ewa sich mit ihren Händen an der Tischkante festhalten musste. Hätte er gewusst, dass das eines der letzten Male sein sollte, zu denen beide so hemmungslosen Sex miteinander haben konnten, er hätte sich zusammengerissen, es noch mehrmals in dieser Nacht mit ihr getrieben. Doch so schleppte er sich in ihr Schlafzimmer, erschöpft wie sie, und verbrachte die Nacht Rücken an Rücken mit ihr.

In den nächsten Tagen sollte Ewa eine ihrer schweren Migräneattacken bekommen, die sie tagelang ans Bett fesselten. Phil besorgte ihr Lebensmittel, verdunkelte ihre Wohnung, las ihr abends immer aus Paul Austers neuestem Roman vor. Paul Auster war ihr Lieblingsautor. Ewa liebte seine bisweilen düsteren Geschichten, seine hoffnungslosen, einsamen Helden, die sich mal mehr, mal weniger stark gegen ihr Schicksal stemmten.

Als am vierten Tag die Schmerzen bei ihr noch immer nicht nachließen, ihre Medikamente einfach keine Wirkung zeigten, entschied sie sich ins nahe gelegene Schmerzzentrum der Vivantes Klinik zu gehen. Phil, der schon wieder über Algorithmen brütete, erfuhr davon erst abends, als er sie besuchen kam. Sie meinte, der Arzt hätte einige Untersuchungen an ihrem Kopf durchgeführt, auch CT-Aufnahmen, aber nichts Außergewöhnliches dabei gefunden. Dafür würden die neuen Medikamente, die ihr der Arzt verschrieb, gut anschlagen. Ihre Schmerzen seien wie weggeblasen, meinte sie mit einem Lächeln, was Phil schon seit Tagen nicht mehr bei ihr sah.

So freute er sich mit ihr, war eigentlich guter Dinge, als er Berlin für acht Tage verlassen musste, da seine Firma auf der großen *Games Convention* in Köln ihre neuesten Computerspiele präsentierte.

Alles schien in bester Ordnung. Die Verkäufe liefen sensationell gut, auch Ewa meldete sich brav jeden Abend bei ihm per Handy. Sie erzählte von ihren Vorlesungen an der Uni, ihren neuen Bildern, auch von einem kleinen Essen, das sie für zwei Freundinnen gab. Nur das Thema Agency war tabu. Er wollte sie nicht danach fragen, wollte nicht den Eindruck zu erwecken, er sei eifersüchtig, traue ihr nicht zu, die richtigen Konsequenzen aus dem kürzlich Erlebten zu ziehen. Ihr schien es ganz recht zu sein, dass Philipp sie nicht darauf ansprach, hätte sie sonst doch nur lügen müssen. Denn Wünsche neugieriger Geschäftsleute, ein paar Stunden mit Ewa verbringen zu dürfen, gab es genug.

Ewa wollte das mit dem fehlenden Geld endlich zu Ende bringen. Wobei – das hatte sie bisher noch niemand gestanden – es sie manchmal unheimlich erregte, wenn gestandene, reife Männer verrückt danach waren, ihr an die Wäsche zu wollen. Was sie zwar nur selten erlaubte, doch dieses Gefühl, Männer zu beherrschen, die sonst so viele andere beherrschten, hatte in ihren Augen etwas unglaublich Erotisches. Hätten diese Typen gewusst, dass Ewa oft feucht zwischen ihren Schenkeln wurde, während sie von ihren Unternehmen, ihrer Macht und ihrer Verantwortung erzählten, sie hätten sich mit Sicherheit noch mehr angestrengt, sie ins Bett zu kriegen. So aber kassierte Ewa in der Woche, als Phil in Köln war, dreimal ein hübsches Sümmchen. Sie freue sich schon aufs nächste Mal, der Abend habe ihr sehr gefallen, er sei wirklich ein außergewöhnlicher Mann, so unglaublich attraktiv, hauchte sie ihnen ins Ohr. Danach gab sie den Herren meist ein Küsschen auf die Stirn, lächelte süffisant und stöckelte davon zu ihrem Fahrer. Sie wusste eben, wie man Männer bei der Stange halten konnte. Erzähle ihnen, was sie hören wollen, dann fressen sie dir aus der Hand.

Ein schlechtes Gewissen wegen Phil hatte sie nicht, schließlich hatte sie ihm ja nur versprochen, das Ganze allmählich zurückzufahren.

Außerdem waren diese drei Geschäftsmänner nun wirklich harmlos, nichts, worüber Phil sich aufregen, geschweige denn Sorgen machen musste. Zugegeben, darüber nicht. Auch nicht darüber, dass Ewa in den vergangenen drei Wochen schon zweimal ein Date mit ihm kurzfristig abgesagt hatte, weil ihr etwas dazwischen gekommen sei, und Phil dies gewaltig wurmte, weil dabei immer ein Hauch von Ausrede mitschwang. Er konnte nicht genau sagen, warum. Vielleicht ihre Stimme, vielleicht ihre gehäuften SMS in den Tagen danach, als ob sie ein schlechtes Gewissen plagte. Dabei konnte man ihr im Grunde genommen gar nicht böse sein, denn gegen plötzliches Unwohlsein war schließlich niemand gefeit. Wenn sie einem erklärte, sie habe gerade eine tolle Phase mit ihren Bildern, könne deshalb heute Abend leider doch nicht …, so musste dies nun wahrlich nichts zu bedeuten haben. Musste zwar nicht, tat es am Ende aber doch.

Wenn auch erst ein paar Tage später, als er Ewa gegen fünf Uhr nachmittags überraschen wollte, nachdem sich die beiden nun schon fast eine Woche nicht mehr gesehen hatten. Am Wochenende davor hatte Phil sich eine Erkältung eingefangen. Seine Bronchien taten ihm weh, sein Kopf schmerzte, leichtes Fieber hatte er auch. Phil war sich nicht sicher, ob es wieder eine Pollenallergie war oder ob er sich nicht doch eine Sommergrippe eingefangen hatte. Jedenfalls wollte er nicht, dass Ewa ihn in so jämmerlichem Zustand sah. Matt sei ja noch da, könne ihm die Arznei besorgen, meinte er mit verstopfter Nase. Die nächste Woche sei er sicher wieder auf dem Damm.

Dass es dann bis Donnerstag dauern sollte, bis er wieder genesen war, nervte ihn gewaltig. Doch noch mehr nervte, wer da an diesem Donnerstag gegen siebzehn Uhr an Ewas Haustür klingelte. Der Typ war beinahe so groß wie Phil, dafür gut fünfzehn bis zwanzig Jahre älter, die Haare lang und fettig, mit einem Bauch, der dem Gérard Depardieus im Film *Der Conferencier* aber auch in nichts nachstand. Wäre Phil nicht in dem Moment, als der Typ an Ewas Haustür klingelte, mit seiner Pizza auf den Eingang zugelaufen, er hätte wohl kaum erkennen können, dass dieser Typ zu Ewa wollte. Erst dachte Phil noch an einen ihrer Mitbewohner, der vielleicht den Schlüssel vergessen hatte. Als dann aber durch das Haustür-Mikro »3. Stock« klang und Phil Ewas Stimme eindeutig wiedererkannte, schied diese Variante leider aus. Ein Mitbewohner würde ja schließlich wissen, in welchem Stock er wohnt, oder etwa nicht?!

Phil ging kurz nach dem Typ rein und tat so, als sei er ein Bewohner, der zu den Briefkästen wollte. Der Typ hatte es offensichtlich eilig. Mit großen Schritten stürmte er die Treppen nach oben. Als er das erste Stockwerk erreichte, ging Phil langsam hinterher. Vielleicht ein Professor oder Lehrer, der ihre neuesten Werke begutachten sollte? Oder ein Käufer, ein Sammler? Er dachte schon … dabei lag er gar nicht so falsch damit. Denn der Typ war kein Professor, auch kein Sammler. Als Phil im zweiten Stock ankam, hörte er Ewa lachen: »Na, da bin aber mal gespannt, ob du so gut bist, wie du am Telefon behauptet hast.«

So gut, wie du am Telefon behauptet hast, hämmerte es in Phils Kopf. Der Appetit war ihm mittlerweile vergangen. Er legte die Schachtel mit der Pizza auf dem Fensterbrett ab und schlich vorsichtig nach oben. Er versuchte an der Tür etwas davon mitzubekommen, was drinnen vor sich gehen mochte. Doch außer »dann lass mal sehen« verstand er nichts. Dann hörte er auf der Treppe über sich Menschen nach unten laufen. So entfernte er sich rasch von Ewas Türe, lief die

Treppe wieder hinunter. Dorthin, wo er zuvor die Pizzaschachtel abgelegt hatte. Er öffnete die Schachtel, tat so, als ob er heißhungrig sei. Die junge Frau des Pärchens, das ihn kurze Zeit später kreuzte, meinte: »Riecht gut, deine Pizza. Wohl kein Vegetarier?«

Philipp lächelte und stopfte sich das Schinken-Käse-Teil in den Mund. Er wartete noch, bis das Pärchen außer Sichtweite war, dann spurtete er wieder die Treppe hinauf zu Ewas Tür. Doch nichts war zu hören. Kein Wunder bei einhundertfünfzig Quadratmetern. Er wollte schon klingeln, denn die Eifersucht, die ihn überkam, wurde immer unerträglicher. Was macht der Typ mit ihr? Aber noch schlimmer: Warum tut sie das? Verdammt. Was zum Teufel soll das? Doch dann entschied er sich anders. Er wollte sich nicht zum Affen machen. Schließlich war sie ihm keine Rechenschaft schuldig. Sie führten zwar so was wie eine Art Beziehung, aber eben eine sehr lockere. Kein Outing gegenüber dem Freundeskreis, kein gemeinsames Weggehen mit ihren oder seinen Freunden, irgendwie heimlich, irgendwie wie bei einer Amour fou. Ja, dachte er, verrückt war das alles. Er war eifersüchtig, doch auf wen? Einen Typ, der sein Vater hätte sein können. Der wahrscheinlich gerade dabei war, eine Teilzeitstudentin zu ficken, die vermutlich schon mehr über Wirtschaft wusste als über Kunst.

Nein, komm, bleib fair, dachte er. Nur, weil er sie ein paarmal umsonst ficken durfte, gab ihm das noch lange nicht das Recht, über sie zu richten. Es war halt nur so, er mochte sie. Er mochte sie mehr, als er wahrhaben wollte. Das wurde ihm jetzt klar, auch wenn ihm dazu eine angenehmere Situation sicher lieber gewesen wäre. Aber manchmal kann man es sich im Leben eben nicht aussuchen. Der Käsegeschmack in seinem Mund war auch zum Kotzen. Er lief die Treppen nach unten, schwor zu warten, bis dieser Typ das Haus wieder verlassen hatte. Dann würde er mit Ewa ein Gespräch haben und konnte nur hoffen, dass danach nicht alles aus war.

Dieser Möchtegern-Gérard-Depardieu verließ kurz nach sechs wieder das Haus. Wie der Typ grinste. Phil musste sich beherrschen, ihm nicht eine aufs Maul zu hauen. Dass die Haustür nicht zusprang, war ihm in diesem Moment aber doch wichtiger. Der Typ also rüber zu seinem Wagen. Phil, der draußen an der Hauswand lehnte, bekam gerade noch den Fuß in die Tür. Er rannte die Treppen nach oben, stand wenig später keuchend vor Ewas Wohnungstür.

Er versuchte, erst das Keuchen loszuwerden, dann drückte er die Klingel. Die Tür öffnete sich, in dem Moment klingelte das Telefon. Ewa rief aus einem der Zimmer: »Na, was vergessen, du Hengst …?« Im nächsten Augenblick kam sie mit dem Handy am Ohr aus dem Zimmer, erschrak fast zu Tode, als sie Philipp da im Flur stehen sah.

»Du, ich ruf dich gleich zurück«, stammelte sie.

»Warum? Warum, Ewa?«

»Hör zu, Phil, es ist nicht, wie denkst.«

»Ach nein, ist es nicht?! Aber dass du den Typ gerade eben bezahlt hast, damit er Sex mit dir hat, das stimmt schon?! Es ist sinnlos, das abzustreiten. Hab ihn in deine Wohnung gehen sehen. Wie er rauskam auch.«

»Du schnüffelst mir also nach?«

»Das tue ich nicht. Ich wollte dich doch nur wiedersehen, und dann sah ich, wie dieser Typ …«

»Ach, Phil … Phil, es tut mir leid, aber ich …«

»Was? Dass du mit so einem Wichser herumgefickt hast oder was? Hat er wenigstens gut geleckt, dieser alte Sack?«

»Beruhig dich bitte. Mach die Tür zu.«

»Ich will mich aber nicht beruhigen. Ich meine, es ist schon schlimm genug für mich, wenn so alte Knacker dir an die Wäsche wollen. Wenn sie dich dafür bezahlen, dass sie deinen jungen Körper anfassen dürfen. Sag jetzt bloß nicht, dass das noch nie vorgekommen ist. Ich sag nur: Spanier! Jetzt muss ich auch noch mitkriegen, wie du einen alten Typen dafür bezahlst, dass er dich vögelt. Mir geht das einfach nicht in den Kopf!«

Dann konnte Ewa nicht mehr an sich halten, sie fing an zu weinen. Lief in die Küche, hockte sich auf einen Stuhl. Die Beine vor sich angewinkelt, vergrub sie ihr Gesicht in den Händen.

Als Phil sie da so weinen sah, lief er auf sie zu, immer noch wütend, schrie: »Warum tust du das, Ewa? Verdammt, sprich endlich!«, und rüttelte sie dabei an den Armen.

»Ich sag's dir ja. Aber lass meine Arme los, bitte.«

Phil ließ von ihr ab. Ewa hob den Kopf, streifte ein paar Haarsträhnen hinter ihre Ohren.

»Phil, das mit uns macht mir Angst …«

»Macht dir Angst? Wieso denn? Es läuft doch alles gut zwischen uns.«

»Genau deshalb. Es läuft zu gut zwischen uns! Ich mag dich mehr, als mir guttut. Ich bin das nicht gewohnt, das mit engen Beziehungen.«

»Was redest du. Wir haben doch keine enge Beziehung. Die paar Mal, wo ich bei dir übernachtet habe, die paar Mal essen. Da kannst du doch nicht von enger Beziehung reden. Von meinen Freunden weiß auch niemand Bescheid. Gemeinsamen Urlaub hatten wir, soweit ich weiß, auch keinen.«

»Für dich mag das ja nicht eng sein. Aber ich muss fast jeden Tag an dich denken. Als du krank warst, bin ich schier gestorben, weil ich dich nicht besuchen durfte. Seitdem bin ich total durch den Wind. Ich habe Angst, dass ich die Kontrolle verliere.«

»Deshalb darf dich dieser Typ dann fi…?«

»Quatsch. Er durfte mich nur lecken, mehr nicht.«

»Verstehe, ist ja auch lange nicht so intim wie vögeln!«

»Auf deinen Zynismus kann ich verzichten.«

»Zynismus?!«

»Ich wollte mir mit dem Typ nur beweisen, dass ich meine Gefühle dir gegenüber noch unter Kontrolle habe, verstehst du?«

»Nein, versteh ich nicht.«

»Wenn ich dabei kein schlechtes Gewissen habe, dann habe ich noch die Kontrolle. Außerdem wollte ich auch mal das Gefühl haben, wie es ist, wenn man jemand für Sex bezahlt.«

»Das ist doch krank. Dann kann also jeder Dahergelaufene zwischen deine Schenkel rutschen, es mit dir treiben, nur damit du das Gefühl hast, deine Gefühle mir gegenüber noch unter Kontrolle zu haben.«

»Zu viel Nähe macht mir Angst. Weil Nähe bedeutet für mich Vertrauen, aber vertrauen möchte ich niemand.«

»Warum nicht?«

»Wenn man einem Menschen vertraut und verliert diesen Menschen, dann …«

»Dann was?«

»Du kannst dir vielleicht nicht vorstellen, wie sich das anfühlt, jemand zu verlieren, den du liebst. Das ist furchtbar, ganz schrecklich.«

»Aber wer sagt denn, dass du nicht wieder jemand findest, dem du vertrauen kannst.«

»Das sagst du so einfach. Nein, da lebe ich lieber wie bisher … ab und zu mal eine Affäre, aber nichts Festes.«

»Hast du nie längere Beziehungen gehabt?«

»Doch. Einmal mit dreizehn. Hielt aber nur ein Jahr. Und dann mit siebzehn, ging knapp vier Jahre. Aber jedes Mal haben mich die Typen mit 'ner anderen betrogen.«

»Verstehe, tut weh. Kommt aber nun mal vor. Passiert den meisten von uns.«

»Mag ja sein, aber für mich war das der Horror. Habe mir geschworen, dass mir so was nie wieder passiert.«

»Bisschen früh, findest du nicht? Bist doch keine Frau in der Midlifecrisis, die drei gescheiterte Ehen hinter sich hat. Dann könnte ich das ja noch verstehen.«

»Wenn schon, wenigstens geben mir Affären das Gefühl, ich kann jederzeit aussteigen, ohne wieder verletzt zu werden. War das jetzt klar genug?!!«

»Absolut. Damit ist ja wohl alles gesagt. Ciao!«

Phil drehte sich um, lief mit großen Schritten zur Tür, riss sie auf, verschwand, ohne sich noch einmal umzudrehen. Ewa schaute ihm kopfschüttelnd hinterher. Als die Tür ins Schloss fiel, feuerte sie die leere Espressotasse auf den Boden, wo sie in tausend Einzelteile zersprang.

Danach herrschte erst mal zwei Wochen Funkstille zwischen den beiden. Obwohl Phil mehr als einmal kurz davor war, sie anzurufen, denn sie fehlte ihm schrecklich. Doch da war eben noch sein Stolz, aber auch seine Unsicherheit, warum er für sie nicht mehr sein konnte als bloß eine Affäre. Wenn es doch nur irgendetwas gäbe, das sie von ihren bescheuerten Vorstellungen befreien konnte? Diese zwei Wochen, ohne auch nur ein einziges Mal ihre Stimme zu hören, die fühlten sich verdammt mies an. So kannte er sich gar nicht. Selbst bei seiner Arbeit kreisten seine Gedanken nur um sie. Was sie wohl jetzt machte? Ob sie an ihn dachte? Ob sie sich wieder mit diesen Geschäftsmännern traf? Was nur hatten diese Exfreunde, was er nicht hatte? Hatte er wirklich nur das Pech gehabt, dass sie, bevor sie ihn kennen lernte, zweimal so heftig enttäuscht wurde?

Er fühlte sich zum ersten Mal seit langem richtig unsicher. Wie ein nervöser Teenager ertappte er sich in der ersten Woche immer öfter dabei, dass er auf sein Handy starrte, als ob dadurch irgendein Zeichen von ihr schneller auf seinem Display erschien. Erst waren es noch zweimal am Tag, morgens nach dem Aufstehen, abends vor dem nach Hause gehen. Ob ein verpasster Anruf oder wenigstens ein Anruf mit unterdrückter Nummer aufblinkte, wenigstens die Illusion hinterließ, es hätte Ewa sein können.

Doch nichts. Und in den Tagen, die folgten, auch nichts. Keine SMS, kein Icon, kein Smiley-Symbol, selbst eins mit heruntergezogenen Mundwinkeln hätte ihm Erleichterung verschafft. Doch dieses dauernde Nichts, dieser schwarze rechteckige Bildschirm waren die Hölle.

Es hatte ihn wirklich erwischt. In den folgenden Tagen verging dann keine Stunde, in der er nicht auf das bescheuerte Display starrte. Natürlich bekam er in der ersten Woche auch Anrufe. Von seinen Freunden oder Kollegen. Doch jedes Mal, wenn es klingelte und Ewas Nummer nicht auf seinem Display erschien, nervte ihn der Anruf, denn sie würde nicht dran sein. Es kostete ihn einiges an Mühe, seine Enttäuschung vor den Anrufern zu verbergen. Nein, er sei nicht genervt, es gehe ihm gut, er habe nur schrecklich viel um die Ohren.

Die zweite Woche war fast schon vorüber – Phil hatte mit Matt und seiner Freundin den halben Tag in Kreuzberg verbracht, erst im Görlitzer Park, später am Spreeufer bei Drinks, Drum & Bass –, da ertönte auf einmal sein Handy, aber nur ganz kurz. Hörte sich an wie der Eingang einer SMS. Phil sprang vom Sofa auf, auf dem er schon halb eingedöst war, da sah er die Nachricht von Ewa. Kein Text, nur ein kleiner grüner Kaktus, dazu ein zwinkerndes Smileygesicht, was alles Mögliche bedeuten konnte … Doch für Phil zählte nur eins: Es war eine Botschaft.

Eine Botschaft ist nun mal besser als keine. Jetzt nur keinen Fehler machen. Sie schrieb nichts, also schrieb er ihr gefälligst auch nichts. Nur, welche Figur aus dem Emotion Icon-Ensemble sollte er ihr zurück smsen, ohne zu viel über seinen Gemütszustand zu verraten? Einen simpel grinsenden Smiley? No way. Einen mit Tränen in den Augen vor lauter Lachen? Er entschied sich dann für den Smiley mit Zwinkern und herausgestreckter Zunge. Übersetzt aus der Iconsprache bedeutete es wohl so viel wie: *Mir geht's gut. Ich habe den Humor noch nicht verloren.* Kurze Zeit später kam ein Kussmund von ihr zurück. Bevor Phil noch entscheiden konnte, ob er ihr ein weiteres Icon schicken oder nicht doch lieber zum Hörer greifen sollte, war sie ihm zuvorgekommen.

»Wollen wir uns sehen?«

»Wann?«, fragte Phil.

»Jetzt?«

»In der Bar?«

»Wie wär's bei mir?«, fragte Ewa.

»Okay.«

»Dann bis gleich.«

»Freu mich.«

Neunzehn Worte, er durfte wieder hoffen. Manchmal sind kurze Gespräche die besten, dachte Phil. Wobei ein neutralerer Ort als ihre Wohnung ihm ehrlich gesagt lieber gewesen wäre. Immerhin war sie das letzte Mal noch mit einem fremden Typen dort zugange. Was soll's, dachte er. Hauptsache, er sähe sie wieder. Nach fast zwei Wochen Funkstille mit ihr am Telefon über den Ort ihres ersten Treffens zu diskutieren, hätte alles nur gefährdet. Das war nun das Letzte, was er riskieren wollte. Verdammte Liebe …

Zehn Minuten später stand er mit Herzklopfen vor ihrer Wohnungstür, war aufgeregt wie vor der mündlichen Bachelorprüfung, bevor man ihn ins Prüfungszimmer bat. Doch im Unterschied zu damals war er jetzt überhaupt nicht vorbereitet. Anderseits, wie sollte er sich auch darauf vorbereiten? Bei Ewa wusste man schließlich nie, mit was sie einen als nächstes überraschte. Doch insgeheim hoffte er, die zwei Wochen hätten Ewa vielleicht zum Nachdenken gebracht, ihr klargemacht, dass ihre Gefühle für ihn doch stärker waren als ihre Ängste.

Daher setzte er das breiteste Lächeln auf, das sein Gesicht hergab, drückte auf den Klingelknopf. Als Ewa sein Lächeln sah, nahm sie ihn freudig in den Arm.

»Schön, dass du da bist.«

»Schön, dass du mich eingeladen hast. Nach all dem. Ich habe mich wirklich wie ein Idiot benommen.«

»So würde ich das jetzt nicht sagen. Komm, lass uns reingehen.«

Als sie den Flur entlanglief, in ihren engen dunkelblauen Slim Jeans, mit einem weißen Hoody, ihren blonden lockigen Haaren, die auf ihren Schultern wippten, und ihren nackten Füßen, die auf dem dunklen Dielenboden leise Geräusche hinterließen, da war sie für ihn wieder das kleine Mädchen, das einen Beschützerinstinkt quasi automatisch auslöste.

Als Ewa sich ihm jedoch am Küchentisch gegenübersetzte, bemerkte er, dass sie unter ihrem Hoody nichts drunter trug – denn dafür war ihr Reißverschluss wirklich ein bisschen zu weit nach unten gerutscht, die Knospen ihrer Brüste zu deutlich zu erkennen – und fragte sich schon, ob er wirklich Ewa beschützen wollte oder nicht doch lieber sich selbst vor dieser geballten Weiblichkeit. Als ob Ewa seine Gedanken erraten konnte – wobei seine Blicke ihr mit Sicherheit ein guter Ratgeber gewesen sein durften –, zog sie im nächsten Moment den Reißverschluss ihres Hoodys nach oben und lächelte ihn an.

»Am besten, wir reden nicht mehr über Vergangenes«, fing sie an. »Lass uns doch das, was wir haben, einfach genießen.«

»Eine heimliche Affäre, in der keiner an den anderen Ansprüche stellt, richtig?!«

»Mhh«, Ewa nickte dabei mit dem Kopf, während sie in einen Apfel biss.

»Das heißt, wir haben beide die gleichen Rechte?!«

»Wie meinst du das? Ob du mich betrügen darfst? Meinst du das?«, wollte Ewa wissen.

»Ich habe zwar kein Problem, jemand zu vertrauen. Aber wenn du mich in Unsicherheit hältst, dann darf ich das auch. Ist doch nur fair.«

»Wenn du meinst.«

»Was soll das?«

»Wie soll ich denn jemals dir gegenüber Vertrauen aufbauen, wenn ich nicht sicher sein kann, ob du mich betrügst?«

»Aber ich soll brav warten, bis du irgendwann dein Problem gelöst hast. In der Zwischenzeit darf ich dann Däumchen drehen ...«

»Was bedeutet *Däumchen drehen*?«

»Geduldig warten ...«

»Ich weiß, aber was anderes kann ich dir im Moment nicht anbieten. Das heißt nicht, dass es mir egal ist, das mit meinem Problem. Ich versuche schon ne Weile rauszufinden, warum ich so Angst habe, jemand zu vertrauen.«

»Schon fündig geworden?«

»Noch nicht, aber ne Freundin hat mir ne Therapeutin empfohlen. Morgen habe ich meine erste Stunde bei ihr. Was sagst du?«

»Hört sich gut an. Du meinst, es könnte also nicht nur an deinen zwei gescheiterten Beziehungen liegen?«

»Womöglich nicht. Die Therapeutin sagte im Vorgespräch, es sei durchaus möglich, dass auch andere Ursachen eine Rolle spielen.«

»Welche?«

»Hat sie nicht gesagt. Außerdem soll ich erst mal nicht über meine Stunden reden. Das würde nur den Behandlungserfolg gefährden.«

»Verstehe.«

»Werde übrigens ein Tagebuch führen, auch über die Therapie.«

»Ein Tagebuch? Auf Papier?«

»Wo denkst du hin, Laptop natürlich. Mir würde schon nach einer Seite Papier die Hand abfallen.«

»Aber du bloggst das nicht, oder?«

»Spinnst du? Diese Aufschriebe sind nur für mich. Ich habe schließlich keine Lust, mein Problem mit der ganzen Welt zu teilen.«

In dieser Nacht kam es dann zu keinen körperlichen Aktivitäten mehr zwischen den beiden, dafür unterhielten sie sich noch eine ganze Weile über Kunst. Auch Kinofilme, die beide in letzter Zeit beeindruckt hatten, waren ein Thema. Bei Ewa war es *Once*, ein Musikfilm aus Großbritannien, bei Phil die Verfilmung von Richard Yates Roman *Zeiten des Aufruhrs*. Auch wenn beide Filme auf den ersten Blick wenig miteinander gemein hatten, so fand Ewa dann doch eine Gemeinsamkeit. Beides waren Liebesfilme, nur eben mit unterschiedlichem Ausgang. Worauf Ewa noch hinzufügte: »Die einen haben eben Glück, die anderen eben nicht. Auch wenn sie sich noch so bemühen.«

»Was denkst du bei uns?«

»Noch ein bisschen früh für so eine Frage.«

»Lenk nicht ab. Was, denkst du, wird aus uns beiden? Glaubst, wir schaffen das?«

»Vorstellen kann ich mir das schon.«

»Vorstellen kann ich mir auch vieles. Aber was hast du für ein Gefühl?«

»Du zuerst?«

»Wenn ich es dir sage, dann musst du aber auch …«

»Ja.«

»Ich habe ein gutes Gefühl. Als du mich vorhin so angestrahlt hast, habe ich gedacht: Hey, sie freut sich ja wirklich dich zu sehen.«

»Das habe ich auch. Ich muss zugeben, du hast mir so gefehlt in den zwei Wochen. So ein Gefühl hatte ich wirklich schon lange nicht mehr. »

»Ging mir genauso. Wer weiß, vielleicht hilft dir ja die Therapie wirklich …«

»Wer weiß? Aber nicht so voreilig. Das kann dauern, mein Lieber. Nach dem, was ich über Therapien bisher so gelesen hab, ist die Zeit der Therapie oft sehr hart, nicht nur für den Patienten, auch für den Partner. Sei gnädig mit mir, ja?! Hab Geduld.«

»Werde ich. Versprochen.«

Im nächsten Moment wusste er, dass er besser geschwiegen hätte, als dieses Wort auszusprechen. Denn für seine Geduld war er noch nie bekannt. Wie das ist, wenn jemand in Therapie war, den er mochte, den er sogar sehr mochte, davon hatte er auch keinen Schimmer. Im Grunde genommen hatte er nicht die geringste Ahnung, was da wirklich auf ihn zukommen würde. Zum Beispiel, dass ihre gemeinsamen Verabredungen immer seltener wurden, nachdem Ewa ein paar Wochen in Therapie war. Manchmal weinte sie bloß am Telefon, manchmal wollte sie niemanden mehr hören, manchmal ging sie erst gar nicht ans Telefon. Das mit den E-Mails klappte dafür ganz gut. Ihre Antworten kamen zwar meist nicht am selben Tag, doch mehr als zwei Tage warten musste er auch nicht. Die Kurse an der Universität nahmen sie offenbar sehr in Anspruch, auch die Therapiesitzungen einmal, manchmal auch zweimal die Woche machten ihr zu schaffen. Ihre Therapeutin sei gut, aber auch sehr hartnäckig. Vieles aus ihrer Kindheit komme da hoch, doch es sei noch zu früh, um mit ihm darüber zu reden. Er wisse ja, was die Therapeutin zu ihr gesagt habe. Nächste Woche würde sie für ein paar Tage nach Polen fahren. Danach würde sie ihn gerne sehen. Er solle in der Zwischenzeit keine Dummheiten machen. Es gebe ja Seiten im Netz zur Entspannung. Was sie denn unter Dummheiten verstünde, schrieb er ihr zurück. Er jedenfalls habe bisher nichts getan, wofür er sich morgens im Spiegel nicht anschauen könne. Aber so ein prickelndes Foto von ihr, das hätte schon was. Könne er sich dann immer anschauen, bevor Matt ihn wieder auf eine dieser Partys mitschleppte. Ob sie ihn denn wenigstens ein bisschen vermissen würde, wollte er noch zum Schluss von ihr wissen, worauf sie ihm noch am selben Abend einen großen Smiley auf seinen Mac schickte, was er als ein Ja wertete.

Die beiden Fotos übrigens, die sie im Anhang ihrer Mail mitlieferte, waren mehr als prickelnd. Sie waren regelrecht fies, fies aus der Sicht eines Mannes, der wusste, dass das, was er da sah, jederzeit ihm gehören könnte, wenn sie es denn zuließe. Das Schlimmste dabei war, dass sich das alles nur ein paar Kilometer entfernt von ihm befand und dabei alle Erinnerungen an ihre gemeinsamen Nächte wieder hochkamen. War aber auch kein Wunder, wenn man sich die Bilder etwas genauer ansah.

Das eine Bild zeigte, wie sie ihre nackten Brüste festhielt, nur mit einem Tanga bekleidet in die Kamera lächelte. An ihrer Haut perlte noch Meerwasser ab, ihre Füße waren bedeckt mit feinem Sand. Das andere Foto zeigte sie kniend im Sand, ein rotes Badetuch in der Hand, die lockigen Haare vom Wind aus der Stirn geweht, ein weißes enges T-Shirt, ihre ausgebleichten Jeans, im Seitenprofil ihre Nippel, die sich durch den Stoff zu bohren schienen. Die Amis würden sagen: »Damn, what a hottie!«

Phil dachte nur: Berlin muss Polen dankbar sein. Egal, wie trist manche Straßenzüge hier auch sein mochten – eine Polin, die dir entgegenkam, und sofort schien überall die Sonne.

Warum dies so war, hatte sich Phil schon oft gefragt, waren slawische Frauen auf Berliner Partys ja nun wahrlich keine Seltenheit. Sie waren nicht unbedingt hübscher als andere Frauen aus den EU-Staaten, aber eins verstanden sie wie sonst keine: Egal, was sie anhatten, egal, wie sie sich bewegten, wie sie lachten, wie sie dich anschauten, jeder konnte sofort spüren, diese Frauen standen zu ihren weiblichen Reizen, ja, sie genossen es regelrecht. Sie versteckten sich auf keinen Fall unter weiten Stoffen, trugen ihre Haare fast immer offen, ganz selten mal hochgesteckt. Wirklich emanzipierte Frauen von heute würden zwar nicht so weit gehen, diese Frauen als unterwürfige, ewig gestrige Weibchen zu bezeichnen, aber genervt waren sie schon von diesen zweibeinigen Bekenntnissen zur Weiblichkeit. Auf einem Fest, das Phil mit Matt vor kurzem besucht hatte, hörte sich das dann ungefähr so an:

»Schau dir mal die Tussi da drüben an. Noch kleiner war der Pulli wohl nicht zu kriegen. Dieser Lippenstift. Also von dezent hat die wohl auch noch nichts gehört.«

Worauf die andere meinte: »Also ihre Oberweite hätte ich ja schon gern. Aber wenn ich solche Dinger hätte, würde ich sie nicht auch noch extra betonen.«

»Wieso? Die trägt doch gar keinen Push-up.«

»Dein Ernst? Mein Gott, du hast Recht. Die hängen echt überhaupt nicht. Kein Wunder, dass die Typen so starren. Aber ein bisschen billig wirkt sie ja schon, findest du nicht?!«

»Ein bisschen?! Würde mich nicht wundern, wenn die hier nicht nur studiert.«

»Du meinst …?«

»Meine ich.«

»Unter uns, Sylvia. Habe ich auch schon gemacht.«

»Jetzt echt, hey?!«

»Ein bisschen Touristguide für einen Opi, da ist doch nichts dabei. Leicht verdientes Geld.«

»Du bist aber nicht mit ihm ins …«

»Nee, ich habe nur ein paar Minütchen gestrippt, der Alte kam sofort. Hat sich sogar bedankt, der alte Schwede.«

»Ein Schwede.«

»Suchte hier ne Zweitwohnung, weil hier alles erlaubt und günstig ist.« Phil, der damals die ganze Zeit über das Gespräch ungewollt mitanhören musste, drehte sich zu den beiden Mitte-Schnitten um, meinte: »Na, Ladys, vielleicht möchtet ihr euch ja doch rüber zu der Polin setzen, damit ihr noch was lernen könnt. Gute Anlagen sind bei euch ja durchaus vorhanden.«

Die beiden Frauen deckten ihn daraufhin mit Blicken ein, die tödlicher nicht sein konnten. Dabei sprach er doch nur aus, was offensichtlich war. Wie oft im Leben störte einen beim anderen genau das, was man selbst in sich trug. Die anderen seien quasi nur der Spiegel eigener Unzulänglichkeiten, sagte jedenfalls immer seine Mutter zu ihm, wenn er sich in der Schule über einen der Mitschüler aufregte, weil der gemein, neidisch oder ungerecht zu ihm gewesen war.

Phil machte eine kurze Pause, tupfte sich mit der Serviette die Schweißperlen von der Stirn und kam zu dieser letzten Nacht. Die Nacht vor Ewas Tod, als sie nach langer Zeit mal wieder bei ihm übernachtet und sich stundenlang mit ihm vergnügte hatte, mal wild, mal zärtlich, mal mit, mal ohne Spielzeug, aber immer mit dieser nie enden wollenden Glut in ihren Augen.

***

»So, Lou, jetzt kennst du unsere Geschichte.«

»Oh Phil, ganz schön kross.«

»Krass! Das heißt krass!«

3. Kapitel: Bilder

Philipp nahm noch einen Schluck aus der Bierflasche.

»In Berlin sagt man: *Manche haben eben Glück, manche eben nicht.* Wenigstens hatten wir diesen Sommer. Den kann uns niemand nehmen. Vielleicht ist Ewa ja dort, wo sie jetzt ist, endlich glücklich. Keine Ängste, keine Probleme.«

»Du hast sie sehr geliebt«, sagte Lou.

»Ich weiß nicht, ob man das schon Liebe nennen kann. Ein halbes Jahr ist schließlich nicht gerade viel. Aber ich mochte sie wirklich sehr. Immer, wenn ich sie sah, hat sie mich verzaubert. Ich weiß, das klingt jetzt kitschig, aber … Du konntest wütend oder sauer auf sie sein, du konntest enttäuscht oder genervt von ihr sein, aber sobald sie dich angelächelt hat, war alles vergessen. Wie soll man sonst diesen Zustand beschreiben?«

»Ich weiß, was du meinst«, sagte Lou. »Als ich Ewa heute Morgen zum ersten Mal sah, war ich auch gleich fasziniert von ihr.«

»Fasziniert?«, fragte Phil.

»Als sie so vor mir stand, mich so eigenartig anlächelte, als ob sie schon lange auf mich gewartet hätte.«

»Jetzt, wo du es sagst: Ich glaube, bei Frauen hatte sie auch einen ganz guten Schlag.«

»Einen ganz guten Schlag?«

»Sie kam bei Frauen ganz gut an. Matt meinte sogar, Ewa könne ihnen genauso leicht den Kopf verdrehen wie Männern.«

»Das glaube ich gern. Ewa war schon etwas ganz Besonderes. Alles an ihr war doch wie ein Geschenk der Natur. Ihre Figur, ihr Busen, ihre Lippen, die Art, wie sie lachte.«

»Nun übertreibst du aber. Oder stehst du am Ende etwa auf Frauen?«

»Was denkst du?«

»Drum, könnte ich mir bei dir gar nicht vorstellen.«

»Ach ja, warum nicht?«, fragte Lou.

»Du bist hübsch, kannst bestimmt jeden kriegen.«

»Klingt aber sehr nach Klischee. Als ob alle Frauen, die sich zu Frauen hingezogen fühlen, nicht hübsch sein dürfen. Weißt du eigentlich, wie viele Models bei uns in Paris nur auf Frauen stehen?«

»Weiß nicht?«

»Dreißig Prozent.«

»Not macht eben erfinderisch. Models sind ja meist nur von Frauen oder schwulen Visagisten umgeben. Dann das ständige Rumgejette in der Weltgeschichte, da bleibt eben für echte Männer wenig Platz.«

»Was ist mit all den hübschen Schauspielerinnen, die jeden Typen kriegen können, den sie wollen? Mal abgesehen davon ist Homosexualität ja keine Krankheit oder bist du etwa dieser Meinung?«

»Natürlich nicht. Ich finde nur, zurzeit fühlt sich jede gleich lesbisch, weil sie mal ein bisschen in der Gegend rumgeknutscht oder rumgefingert hat. Aber mit einer Frau zusammenleben, keinen Typ mehr an sich ranlassen, ist dann schon was anderes.«

»Mag sein … Du, der Tag war schon anstrengend genug. Ich bin müde«, sagte Lou.

»Hast Recht. Tut mir leid. Aber das mit Ewa …«, sagte Phil.

»Ich weiß.«

Phil übernahm die Rechnung, Lou bedankte sich. Beide standen auf und verließen das Lokal. Schweigend liefen sie zum Auto, schweigend fuhren sie nach Hause. Oben in der Wohnung umarmten sich beide kurz und wünschten sich eine gute Nacht, wobei beide wohl ahnten, dass es nicht leicht sein würde, Schlaf zu finden. Phil warf sich auf sein Bett, starrte an die Decke. Alles kam ihm wie ein böser Traum vor. Doch es war kein Traum.

Er hörte noch, wie Lou sich im Bad frischmachte, danach wollte er eigentlich auch noch ins Bad. Doch irgendwie fehlte ihm die Kraft, sein Kopf tat ihm weh, seine Beine fühlten sich an, als wäre er stundenlang gejoggt, doch einschlafen konnte er auch nicht. So starrte er weiter zur Decke, bemerkte auf einmal Risse im Deckenanstrich, die er nie zuvor gesehen hatte. Vielleicht die Party seiner Nachbarn letzte Woche?

Dann sah er diese kleine Fliege, wie sie an der Decke entlang lief, wie sie über den Riss krabbelte, danach inne hielt, um ihre Beinchen zu reinigen und anschließend seelenruhig weiter auf Erkundungstour ging. Ewa hingegen war tot. Von einem Augenblick auf den anderen. Sie würde nie mehr was entdecken können. Wie ihre Therapie mit der Zeit angeschlagen hätte. Wie ihre Ängste dadurch nach und nach verschwunden wären. Wie sich ihre Beziehung zu ihm immer mehr gefestigt und ihre Bilder später einmal Berühmtheit erlangt hätten. Nichts von alledem würde sie je erfahren. Aber diese kleine verdammte Fliege, die lebte noch. *Manche haben eben Glück, manche eben nicht,* wobei lange zu leben dieser Fliege sicher auch nicht mehr vergönnt war. Trotzdem kam ihm in diesem Moment das Leben so ungerecht vor.

Keiner Fliege hatte Ewa je was zu leide getan. Wieso, verdammt, musste Ewa so jung sterben? Wieso durfte sie kein Glück haben? Nach welchen Kriterien vergaben die da oben eigentlich ihre Tickets?

In der Nacht wälzte er sich zig Mal hin und her, vergrub sein Gesicht immer wieder im Kissen, zog es sich über den Kopf, befreite sich von der Bettdecke, um sie dann kurze Zeit später wieder zwischen seine Beine zu ziehen, streckte die Beine aus, zog sie wieder dicht an seinen Körper, bis er irgendwann im Morgengrauen endlich einschlief. Kurz vor halb zwölf wurde er dank seines Handys gerade noch rechtzeitig wach. Der elektronische Terminassistent war nicht so vergesslich wie er, erinnerte ihn alle zwei Minuten an die Verabredung mit Ewas Professor. Nachdem er seinen Körper mühsam hochgehievt hatte, griff er nach seinem Handy und sah, dass ihm gerade noch zwanzig Minuten bis zu seinem Treffen in der Tucholskystraße blieben. Im Bad klebte am Spiegel ein Pin-Zettel.

Auch schlechte Nacht gehabt? Bin in der Charité. Besorg bitte Rotwein für heute Abend. Französischen Burgunder! Danke! Lou.

»Burgunder. Vielleicht noch einen Montrachet Grand Cru, Madame?«, murmelte Phil vor sich. Okay, er würde ihr einen guten Burgunder besorgen, nur trinken würde er ihn nicht mit ihr. Er brauchte heute ein oder zwei Kumpel, mit denen er um die Häuser ziehen konnte, um sich ordentlich die Kante zu geben. Das konnte ruhig die ganze Nacht dauern. Er hatte sich eh drei Tage von seinem Chef freigeben lassen. Ja, das wäre gut, dachte er. Sich richtig besaufen, dann könnte er endlich vergessen, wenigstens für die paar Stunden.

Da fiel ihm ein, dass Ewas Schwager Jaros ja noch heute in Berlin eintreffen würde, um mit ihm zu diesem Beerdigungsinstitut zu fahren … Vielleicht wollte er ja anschließend mitkommen auf ein, zwei Bierchen, bevor er sich wieder auf den Heimweg machte? Oder er übernachtete in Matts Zimmer. Wie's aussah, blieb Matt ja noch für zwei Tage in Zürich.

Oben an Ewas Wohnungstür zögerte Phil für einen Moment. Was, wenn einer von Ewas Mitbewohnern da wäre?

»Hallo?! Ist da jemand?!«

Doch niemand rührte sich. Als erstes ging Phil in Ewas Schlafzimmer. Alles war sehr ordentlich. Die Bettdecke akkurat auf Kante gefaltet, die beiden Kissen fein säuberlich glattgestrichen, nicht verknautscht wie bei ihm. Ihr kurzes rotes Trägerkleid hing über der Stuhllehne, eine Raw-Denim-Jeans mit Originaletikett lag noch zusammengefaltet auf ihrem Schreibtisch. Phil lief zum Schreibtisch, setzte sich auf den Stuhl, als plötzlich Tränen über sein Gesicht liefen. Sogar das verdammte Preisschild war noch dran: einhundertachtundsiebzig Euro. Bezahlt vom Geld überbezahlter Manager und ihren schmutzigen Phantasien. Wer weiß, ob Ewa ihm wirklich alles erzählt hatte? Wie oft sie sich für diese Typen wirklich ausziehen musste? Wie oft sie sich beim *Rahmenprogramm*, beim Diner oder bei Museumsbesuchen dafür hatte angrabschen lassen müssen? Diese Typen würden mit Sicherheit Ersatz für Ewa finden, so wie sie immer für alles Ersatz finden: für ihre todsicheren Übernahmepläne, für ihre kreativen Bilanzen, für ihre Steuerparadiese.

Phil schaute auf seine Uhr. Es war kurz nach zwölf. Da klingelte es in Phils Jackentasche.

»Phil, wenn Sie so nett wären, uns die Türe zu öffnen. 3. Stock, richtig?«

»Einen Moment.«

Phil rannte den Flur vor, drückte die Taste für die Haustür. Dachte, bevor dieser Professor nach oben kam, musste er unbedingt vorher noch in Ewas Atelierzimmer. Wenigstens zwei Bilder für Ewas

Familie und sich vor diesen Aasgeiern retten. Das wäre bestimmt auch in Ewas Sinn gewesen. Als er das Zimmer öffnete, sah er viele neue Bilder an der Wand lehnen. Eins davon sah aus, als hätte sich Ewa selbst porträtiert. Diese Augen, diese Lippen, das rote Kleid. Das andere Bild zeigte eine Frau am See. Auf dem See ein verlassenes altes Ruderboot. Er griff nach den Bildern, trug sie rüber in Ewas Schlafzimmer, stellte sie an ihr Bett, und schloss beim Hinausgehen die Tür hinter sich ab. Den Schlüssel steckte er in seine Jeansjacke. Dann lief er wieder vor zur Wohnungstür, wo er schon Männerstimmen hörte. Sie waren noch ein Stockwerk entfernt, hatten offenbar nicht den Aufzug benutzt. Den Stimmen nach musste es sich um drei Männer handeln, wobei einer Englisch mit deutschem Akzent sprach.

»Sie müssen Phil sein. Mein Name ist Schöllkopf«, begrüßte ihn der Professor mit ausgestreckter Hand.

Jung wirkendes Gesicht, kurze graue Haare, Drei-Tage-Bart, schwarze rechteckige Designerbrille, Jeans, weißes Hemd, braune Wildleder-schuhe. Die beiden anderen Typen, schwarzer Anzug, schwarzes Hemd, schwarze Schuhe. Der eine blonde, der andere weiße Haare. Der eine höchstens Anfang dreißig, der andere mindestens um die sechzig.

»Nochmals mein herzlichstes Beileid. Lassen Sie uns die ganze Sache am besten schnell über die Bühne bringen. Sie glauben ja gar nicht, wie unangenehm mir das ist. Das hier ist übrigens Mr. Grass ...«

Phil schüttelte ihm die Hand. »Das ist sein Assistent Dr. Hopper.«

»Nice to meet you, Dr. Hopper«, sagte Phil und schüttelte ihm ebenfalls die Hand.

»I want to offer you my condolences!«

Dann schnappte sich auch der weißhaarige Mr. Grass noch mal Phils Hand, meinte: »Me too, Phil. It's a real tragedy. I am so sorry.«

Aber wenn ihr die Bilder nicht bekämt, wäre das eine noch viel größere Tragödie, nicht wahr, dachte Phil und lächelte dabei gequält.

»Wenn Sie uns dann bitte zu den Bildern bringen möchten, Phil«, sagte der Professor.

»Hier entlang.«

Phil ging voraus, der Professor, Grass und Hopper hinterher. Nachdem alle das Zimmer betreten hatten, machten Mr. Grass und sein Assistent große Augen. Sie liefen durch das Zimmer, fingen an zu strahlen. Blieben mal bei diesem, mal bei jenem Bild stehen, nickten immer wieder mit den Köpfen. Phil entschied draußen zu warten, was dem Professor nicht ungelegen kam, konnte er sich doch so in Ruhe den Fragen der beiden Amerikaner widmen. Draußen im Wohnzimmer, Phil hatte gerade auf dem großen Ledersofa Platz genommen, drangen durch die geschlossene Tür ein paar Bruchstücke der Unterhaltung.

»Great. Really great. I love …«

»You are right. She's really unique. Never saw such paintings in my entire …«

»You want all of them?«

»Gentlemen, take your time …«

Dann kam der Professor raus, sah Phil auf dem Sofa sitzen, meinte: »Sieht gut aus. Die wollen vielleicht alle nehmen.«

»Wirklich alle?«

»Ja, auch die in unseren Atelierräumen. Da sind dreißig Bilder, wenn ich recht gezählt habe.«

»Was bieten die?«

»Steht noch nicht fest. Aber so, wie es aussieht, sind die wirklich sehr an Ewas Werken interessiert.«

»Schade, dass Ewa das nicht mehr erleben kann. Hätte sie bestimmt glücklich gemacht.«

»Ich bin sicher, Ewa wäre stolz gewesen. Wissen Sie, dieser Mr. Grass ist nicht irgendein Sammler. Er ist, wenn ich das so sagen darf, fast wie ein Messias. Wenn er Bilder von Künstlern kauft, schießen die Preise später geradezu astronomisch in die Höhe. Diesmal, scheint es, will er sich das komplette Oeuvre sichern.«

Dann kamen dieser Mr. Grass und sein Assistent aus dem Zimmer. Beide schienen wirklich begeistert, so, wie sie strahlten.

»Listen, Phil«, fing Dr. Hopper an, »Mr. Grass wants to buy all pictures from Ewa. He offers you a unique price. I mean for an unkown artist, so to speak: one million!!«

Phil schaute daraufhin den Professor an, der ebenfalls strahlte.

»Dollars?!« – »Sure, Dollars, my friend«, lachte Mr. Grass.

»Euros, and we can close the deal«, entgegnete Phil ruhig.

Der Professor schaute Phil entsetzt an, doch der blickte nur zu den beiden Amerikanern. Mr. Grass lächelte, dann schaute er zu seinem Assistenten Dr. Hopper, der nickte mit dem Kopf, worauf Mr. Grass meinte: »Okay, Phil. Ewa would've been proud of you.«

Der Professor bat Phil, ihm in den nächsten zwei Tagen die Kontoverbindung von Ewas Eltern zukommen zu lassen, damit Ewas Eltern so schnell wie möglich das Geld überwiesen bekämen, was wenigstens ein kleiner Trost wäre neben all der Trauer über ihre verlorene Tochter. Bevor Phil antworten konnte, verabschiedeten sich Mr. Grass und Dr. Hopper von den beiden, meinten, sie würden unten auf den Professor warten.

»Wird nicht möglich sein, das mit den Eltern«, sagte Phil.

»Wie meinen Sie das, wird nicht möglich sein? Die Eltern werden doch wohl ein Konto haben?«

»Sicher haben die das. Nützt aber nichts. Ewas Eltern sind vorgestern Nacht bei einem Unwetter ums Leben gekommen.«

»Das ist jetzt aber nicht Ihr Ernst, Philipp?«

»Doch, ist leider die Wahrheit. Sind beide vom Blitz erschlagen worden.«

»Oh mein Gott, das ist ja schrecklich. Hat Ewa sonst noch Verwandte?«

»Eine ältere Schwester, soviel ich weiß.«

»Gut. Wären Sie dann so nett, würden …«

»Werde ich.«

»Dann wäre das soweit geklärt. Den Vertrag schicke ich Ihnen in den nächsten Tagen zu.«

Erst mal auf Englisch, meinte der Professor. Die Übersetzung ins Polnische würde noch etwas dauern. Er solle sich nicht wundern, er werde den Vertrag im Namen von Ewa gegenzeichnen. Erspare nur mögliche Nachverhandlungen mit den Verwandten …

»Ist legal, oder?«

»Keine Sorge. Ich habe ein Schreiben von Ewa, worin sie mich ermächtigt, in ihrem Namen Verkaufsverträge zu unterzeichnen.«

»Verstehe, ich …«

»Verzeihen Sie, Philipp, aber ich muss los. Die Amerikaner! Ich höre dann von Ihnen.«

»Ihre Handynummer bräuchte ich noch«, sagte Phil.

»Moment, hier ist meine Karte.«

Phil ging nochmals in Ewas Atelierzimmer und suchte nach etwas zum Einpacken für die beiden Bilder. Was er fand, waren mehrere große Bogen Packpapier ganz am Ende des Raums. Er nahm sie, lief damit zurück in Ewas Schlafzimmer. Vorsichtig wickelte er erst das Bild mit Ewas Selbstportrait, dann das mit dem Ruderboot in das Packpapier. Als er gerade aufbrechen wollte, sah er nochmals hinüber zu ihrem Schreibtisch. Wo war eigentlich ihr Laptop mit den Tagebucheinträgen? In diesem Moment beschloss er, dass niemand außer ihm das Recht haben sollte, darin zu lesen. Ob Ewa genauso darüber gedacht hätte, diese Frage stellte er sich nicht. Nur, wo dieses Ding war, ließ ihm keine Ruhe mehr. Er ging hinüber zu ihrem Schreibtisch, öffnete eine Schublade nach der anderen. Doch nirgends ihr Laptop. Er ging zu ihrem Kleiderschrank, zog die Schiebetür auf. Unmengen an Kleidern, die akkurat auf Bügeln hingen, drängten sich ihm entgegen. Auf dem Schrankboden eine ganze Armee strammstehender High-Heels, Stiefel, Sneaker, Sandaletten. Weiter rechts noch ein Bataillon Taschen …

Dann sah er einen Rucksack. Er war offen. Phil griff hinein, spürte in einer Seitentasche etwas Rechteckiges. Er hob den Rucksack aus dem Schrank, öffnete den Klettverschluss einer großen Innentasche. Er zog etwas heraus, das von einer weinroten Neoprenhülle geschützt war. Er machte den Reißverschluss auf, nahm behutsam das Aluminiumteil heraus, ging damit zum Schreibtisch. Ewa hatte zwar ihrem Laptop ein Passwort gegeben, doch für Phil war es eine Sache von ein paar Klicks, bis er ihre Dateien fand. Er klickte auf *Dokumente*. Wie gut, dass jemand Schlaues vor Jahren das Spotlight-Feature entwickelt hatte. Bei der Unmenge an Dateien, die da vor ihm auftauchten, hätte das ewig gedauert. So gab er bloß die Worte Psycho, Tagebuch ein, und *simsalabim*, schon tauchten ihre Notizen auf. Was ihn überraschte, aber gleichzeitig auch wieder entspannte:

Sie hatte ihre Tagebuch-Aufschriebe in Deutsch verfasst. Wie gut, dass Ewa mit der deutschen Sprache so ehrgeizig war. Er blickte auf die Akkuanzeige, noch vierundneunzig Prozent Kapazität.

4. Kapitel: Tagebuch

»Tagebuch von Ewa Nemkova«, las Phil.

Phil übersprang die Monate Juni und Juli. Ihn interessierten zunächst nur die Einträge ab August, der Monat, als Ewa ihm sagte, dass sie zur Therapie gehen würde.

9. August.

Dritte Stunde bei Frau Dr. Leppa verlief besser als erwartet. Sieht noch recht jung aus für ihre fünfzig, macht einen coolen Eindruck. Sie lächelt viel, ich mag das, sie hat so gar nichts von einer ernsten Psychologin. Da hat man wenigstens nicht gleich das Gefühl, man hätte ein großes Problem. Aus den ersten beiden Stunden, oder wie sie es nannte, unser Vorgespräch, weiß sie, dass ich ein Verhältnis mit Phil habe und Phil wußte, dass ich neben meinem Studium für diese Escortagentur arbeite. Sie fragte mich, wie es mit Phil so liefe. Ich meinte, ganz gut, obwohl wir uns in letzter Zeit eher selten sehen. Lag aber nicht an der Agentur, meinte ich, die Aufträge hielten sich nämlich in Grenzen, meistens nur »Stammis«, kein großer Stress, nur zweimal Sex gehabt, wobei die Typen nur lecken durften, ich brauchte schließlich mal wieder ein Verwöhnprogramm.

Warum ich mich nicht von Phil verwöhnen ließ, fragte Dr. Leppa, ich sagte, darauf hätte ich auch mehr Lust gehabt, aber Phil war krank, hatte keine Zeit. Dann fragte sie mich, wem ich vertrauen würde. Ich meinte, eigentlich niemand, na ja, außer meiner Schwester, vielleicht. Was denn mit meinem Vater oder meiner Mutter sei. Tja, schwer zu sagen, meinte ich, sie sehen in mir immer noch das kleine

Mädchen, außerdem habe ich zu meiner älteren Schwester Weronika
ein engeres Verhältnis. Sie hatte nämlich, als ich klein war, oft auf
mich aufgepasst. Vater und Mutter mussten ja sehr viel arbeiten auf
dem Hof und in der Pfarrei. Wenn überhaupt, dann hatten meine
Eltern an den Sonntagen ein bisschen Zeit für mich.
Frau Dr. Leppa ließ mich reden, unterbrach mich so gut wie nie.
Ich kam dann richtig ins Reden hinein, erzählte von Weronika, wie sie
als Teenager, wenn sie von der Schule kam, mich vom Kindergarten
abgeholt hat. Sie hat dann für uns immer das Essen, das Großmutter
vorbereitet hat, warm gemacht und mir von der Schule erzählt.
Danach musste sie ihre Schulaufgaben machen, ich durfte bei ihr
im Zimmer spielen, aber nur, wenn ich ganz leise war. Wenn sie fertig
war, hat sie mit mir manchmal gespielt oder wir sind zu der großen
Schaukel gegangen. Aber wenn sie ihre Freunde treffen wollte, das
kam oft vor, dann hat sie mich zur Großmutter gebracht oder zum
Großvater, wenn Großmutter auch auf dem Hof helfen musste, denn
Großvater hatte damals schon Jahre einen bösen Rücken und große
Schmerzen.
Dann war die dritte Stunde bei Frau Dr. Leppa auch schon vorbei.
Ich habe mich noch gewundert, wie sie mir helfen will, wenn ich
nur von meiner Kindheit erzähle, ich meine, da war ja noch alles in
Ordnung, aber die Probleme mit Männern und dem Vertrauen habe
ich doch erst, seit ich erwachsen bin.
Frau Dr. Leppa meinte nur, dass ich mir bis zur nächsten Stunde
Gedanken darüber machen solle, warum ich glaube, dass mir das
so schwer fällt, das mit dem Vertrauen. Ehrlich gesagt hat mich das
schon sehr überrascht, denn das frage ich mich auch schon eine
Weile, aber woher wusste sie das, das mit dem Vertrauen, kann sie

hellsehen? Ich meine, ich mag Phil, trotzdem habe ich Angst vor zu viel Nähe mit ihm. Dann wieder sehne ich mich nach ihm, nach seinen Berührungen, nach dem wilden Sex, den wir beide immer haben, aber sobald ich gekommen bin, möchte ich am liebsten aufstehen und so weit wie möglich weg von ihm. Im Grunde ist das ja bescheuert, aber so fühlt es sich nun mal an. (Wenn er das jetzt lesen würde, würde er bestimmt ausflippen ...)

Die nächste Stunde ist schon am Freitag, also in drei Tagen, mal schauen, ob mir bis dahin etwas dazu einfällt??

Mittwoch, 10. August.

Der Italiener war sehr großzügig, hat mir sogar eine Cartier-Uhr geschenkt. Wird ein tolles Geschenk für Weronika, wenn ich sie zum Geburtstag besuche. Muss noch was für die Kleinen besorgen. Kadewe oder Schlosscenter? Mal sehen, hätte trotzdem gern Phil zwischen meinen Schenkeln. Wird Zeit, dass er wieder gesund wird. Er fehlt mir wirklich verdammt. Merkwürdig, dass ich ihn nicht besuchen darf, anderseits kann ich mir eine Grippe jetzt echt nicht leisten, drei Termine noch diese Woche, dann Professor Schöllkopf und seine Vorlesungen. Gut, dass ich am Freitag den Termin bei Dr. Leppa schon um vier Uhr habe, dann komme ich bestimmt gut gelaunt zu diesem Italiener. Muss mich dann wieder ausziehen, damit er mich in seinem Hotelzimmer malen kann, der Freak wieder seine Erektion kriegt. Kann von Glück reden, dass er mich nicht dabei vollspritzt, nur die Leinwand, er meint immer, das Sperma würde den Farben das gewisse Etwas geben. Schon pervers, diese Italiener ... aber Geld haben sie offenbar genug ... Wo ist eigentlich dieser neue Vibrator ...?

Donnerstag, 11. August.

Weronika, Jaros und die Kleinen freuen sich schon, wenn ich sie am Wochenende besuchen komme. Mama und Papa werden auch da sein. Weronika macht Pflaumenkuchen, den ich so mag und ihren berühmten Braten. Werde hoffentlich nicht so viel zunehmen. Habe bisher immer noch keine Zeit gehabt, darüber nachzudenken, woher diese Angst kommt, mit Phil was Festes einzugehen. Habe ich wirklich Angst, dass er mich verlässt wie die anderen auch? Anderseits werden ja andere auch früher oder später verlassen, haben auch kein Problem, jemand zu vertrauen? Hat Dr. Leppa mich so viel über meine Kindheit reden lassen, weil sie vielleicht dort die Ursache für mein Problem sieht? Soll ja bei psychischen Störungen häufig der Fall sein, schreiben die jedenfalls im Internet. Na ja, wir werden sehen. Bin jedenfalls gespannt auf die vierte Stunde ...

Freitag, 12. August.

Wenigstens kein Dreizehnter. Noch eine Stunde, dann bin ich wieder bei Dr. Psycho ... Habe wieder diese verdammten Kopfschmerzen. Am nächsten Dienstag endlich der Termin in der Charité. Wollen mich in so eine Röhre schieben. Darauf musste ich dann auch noch zwei Monate warten. Echt doof, wenn man in Deutschland nicht privat versichert ist. Freue mich schon aufs Wochenende in Polen ... Bis heute Abend ... Tagebuch ...

War ganz schön anstrengend bei Dr. Leppa. Hat mich über meine Schwester Weronika ausgequetscht: Ob sie denn, als sie selber Teenager war, mich öfters alleine gelassen hat oder mich oft zu den Großeltern brachte? Ob ich mich dort wohl oder einsam fühlte? Ob ich mich den Erwartungen meiner Schwester oder den Eltern oft

150

anpassen musste? Ich sagte, wenn ich am Tisch nicht ruhig war und zu viel erzählen wollte vom Kindergarten oder der Schule, haben sie mich oft ohne Essen auf mein Zimmer geschickt. Einmal, als ich klein und meine Mutter sehr böse mit mir war, hat sie meinen kleinen Koffer gepackt und mich zusammen mit dem Koffer vor die Haustür gestellt. Ich habe sie dann gefragt, ob wir verreisen. Aber sie sagte nur immer wieder, oh Gott, wenn ich nur daran denke ... Sie sagte, wenn ich in Zukunft nicht artig sei, käme ich ganz weit weg. Dann ließ sie mich Stunden da draußen im Vorgarten warten, bis sie endlich wieder die Tür aufmachte. Aber ich kann mich nicht erinnern, geweint zu haben, dabei hatte ich so Angst, dass sie mich doch wegschickt. Ich stand da stundenlang im Garten und habe auf die Tür geschaut ... Oder wenn sie mich dann manchmal zum Opa gebracht hatte, dann sagte sie nur, wenn du nicht artig bist ... denk an den Koffer ... Weil Großvater immer schlafen wollte, musste ich dann immer ganz ruhig sein und allein in einem Zimmer spielen. Aber das war lange nicht so schlimm wie meine Angst vor dem Koffer, wenn meine Mutter mich ganz weit wegschicken würde. Außerdem gab es ja die Nachbarskinder, da durfte ich dann laut sein und den Kindergarten gab es ja auch noch. Ich dachte, dass ich zu Hause immer ruhig sein musste, sei eben so. Opa brauchte Ruhe und Weronika wollte eben lieber mit ihren Freunden spielen oder musste für die Schule lernen. Sie war ja damals auch viel älter als ich. Wer spielt schon gerne als Teenager mit einem kleinen Mädchen. Manchmal, glaube ich, dass ich sowieso nur ein Unfall war, immerhin war mein Vater damals schon über fünfzig und Mutter auch schon über vierzig. Dann fragte mich Dr. Leppa, ob ich in meinen beiden ersten Beziehungen auch diese sich widersprechenden Gefühle von

Nähe und Distanz wie jetzt bei Phil empfunden hätte und ob ich mich diesen Männern gleichwertig oder eher unterlegen gefühlt hatte. Ich meinte, als Teenager oder junge Frau sei es doch normal, dass sich das Selbstwertgefühl erst nach und nach entwickle. Dann wollte sie wissen, ob ich glaube, dass ich heute selbstbewusster sei als früher, worauf ich meinte, ich hätte zwar einen ganz guten Körper, aber trotzdem fühle ich mich oft unsicher. Wenn man mich so anschaut, würden sich bestimmt viele wundern, dass ich so unsicher bin. Die meisten wären wahrscheinlich froh, wenn sie nur halb so aussehen würden wie ich.

Dr. Leppa schmunzelte: ›Die Hülle ist nur ein Schutz, wichtig ist, wie es dahinter aussieht, welche Ängste sich in einem verbergen. Angst, zum Beispiel, durch zu viel Nähe seine Unabhängigkeit zu verlieren. Angst, seine Wünsche zu äußern. Angst vor dem Verlassen werden ...‹ Ich fragte sie, was denn so schlimm daran sei, wenn man seine Unabhängigkeit bewahren will, weil man sich sonst nur eingeengt fühlt. Schließlich kann man ja jemand gernhaben, aber trotzdem noch nicht so weit sein, mit ihm eine feste Beziehung einzugehen. Die Stunde war schon fast wieder vorbei. Dr. Leppa blickte auf ihre Uhr und gab mir zum Schluss noch eine merkwürdige Aufgabe bis zur nächsten Stunde.

Ich solle mich zu Hause oder in der Uni, wenn ich mal Zeit habe, irgendwo entspannt hinsetzen und versuchen, mir folgende Frage zu beantworten und danach meine ganze Aufmerksamkeit auf mein Inneres zu lenken: Wie fühlte es sich da drinnen an, wenn ein Mann, mit dem ich etwas hatte, eine Forderung oder eine Erwartung an mich stellte? Zum Beispiel ein paar Tage gemeinsam zu verreisen? Als Trick solle ich mir zuerst einen Ort vorstellen, an dem mich sehr gerne aufhalte, dann darauf achten, wie sich das da drin in mir anfühlt. Danach solle ich mir einen Ort vorstellen, den ich überhaupt nicht mag und dabei ebenfalls auf dieses Gefühl in mir drin achten. So könne ich dieses Gefühl besser kennen lernen und unterscheiden. Dann, wenn ich es ein paar Mal ausprobiert habe, solle ich mir sagen: Aha, da bist du also, da ist wieder dieses Stechen, das Ziehen oder was auch immer, aber abgesehen davon geht es mir gut ... Was dieser Dr. Leppa doch so alles einfällt, aber sie wird schon wissen, was sie da macht, schließlich hat sie über das alles ja schon Bücher geschrieben, wenn man sie googelt, nicht gerade unerfolgreich. Ich glaube, ich habe echt Glück mit ihr gehabt ... Entspann dich ... Wirklich krass, das mit diesem Entspannen und den Gefühlen. Hat echt ganz schön geziept da im Magen, als ich daran dachte, wie es wäre, mit Phil in Urlaub zu fahren ... Wenn er mich den ganzen Tag um sich hätte, mein Gott, ich würde ihm bestimmt auf die Nerven gehen, wenn ich dann so viel reden würde, er würde bestimmt die Krise kriegen ... wenn er mich dann morgens ungeschminkt im Bett, oh ... das heißt, einmal hat er ja bei mir übernachtet, gut, aber ich konnte ja vor ihm ins Bad, er war ja noch verschlafener als ich. Stimmt, ja, ich habe den halben Tag mit ihm am See verbracht, merkwürdig, dass ich da nicht dieses Gefühl hatte ... warte mal, stimmt ja gar nicht ... genau, als Phil mir wegen der Agentur ... genau, ja da war es ... Wie sagt doch Frau Dr. Leppa: Mit der Reflexion beginnt alles ... vielleicht hat sie doch recht?

Wochenende in Polen. *Fahrt war ganz schön stressig, der viele Regen und diese Raser ... musste mich bei Weronika erst mal hinlegen. Diese bescheuerten Kopfschmerzen. Aber die Freude der*

Kleinen über ihre Geschenke hat alles wieder wettgemacht. Auch Weronika war wegen der Uhr ganz aus dem Häuschen, Jaros hat auch gestrahlt. Mutter und Vater haben nichts gesagt, hätte mich auch gewundert. Mal sehen, ob sie sich wenigstens freuen, wenn ich ihnen das Geld für die Äcker in ein paar Monaten zurückzahlen kann. Dann werden sie endlich sehen, dass ich nicht nur die Studentin bin, die Geld kostet.

Ach ja, hätte ich fast vergessen, wir haben einen neuen Hund. Vater hat ihn Mutter letzte Woche gekauft, ein süßes Kerlchen. Rocco heißt er. Ein Mischling, kein Schäferhund wie der alte Pavel, den dieser verdammte Laster überfahren hat. Schon komisch, als ich Mutter am Nachmittag beobachtet habe, wie sie den kleinen Rocco die ganze Zeit über streichelte. Kann mich nicht erinnern, dass sie das je bei mir getan hat.

Am frühen Abend bin ich mit Mutter zum Grab der Großeltern gegangen, sie wollte das Grab mit frischen Blumen schmücken. Ich habe ihr erzählt, dass ich gerade eine Therapie mache, worauf sie erstaunt fragte, aber warum denn? Ich meinte, ich habe einfach Probleme mich auf feste Beziehungen einzulassen, kann zu viel Nähe nicht ertragen. Darauf Mutter, ich sei noch nie ein einfaches Kind gewesen ... Selbst die Geburt sei bei mir sehr schwierig gewesen. Mutter musste über Wochen danach noch im Krankenhaus bleiben, weil die Wunde am Bauch einfach nicht heilen wollte. Ich fragte sie, was mit mir in der ganzen Zeit gewesen sei, ob ich auch im Krankenhaus war? Nein, zu Hause bei Großmutter, die sich mit deinem Vater und deiner Schwester abgewechselt hat. Dann nahm ich meinen ganzen Mut zusammen und fragte sie: ›Du wolltest kein Kind mehr damals, richtig?‹

›Ja‹, meinte sie, ›aber dein Vater wollte unbedingt noch einen Sohn, als dein älterer Bruder bei der Militärübung ums Leben gekommen war‹. Ich war also doch eine Art Unfall, dachte ich, wenn auch ein bewusst herbeigeführter. Na toll, jedenfalls muss ich Dr. Leppa unbedingt beim nächsten Mal davon erzählen, dürfte vielleicht so manches erklären ...

Montag, 15. August.

Nächster Hammer, als ob das mit Mutters ungewollter Schwangerschaft nicht erst mal reichte. MRT Aufnahmen in der Charité zeigen bei mir eine Geschwulst im präfrontalen Cortex. Dr. Kramer meinte, ich solle das unbedingt operieren lassen. Will aber nicht, dass da jemand in meinem Kopf herumschneidet; außerdem meinte meine deutsche Versicherung, meine Police würde nur kleine ambulante Operationen abdecken. Ich solle bei meiner polnischen Versicherung nachfragen. Habe ich dann gemacht und die sagten mir, wenn ich die Operation in Polen machen lassen würde, zahlen sie achtzig Prozent, in Berlin nur vierzig. Ich müsse dann aber immer noch mindestens zwanzigtausend Euro im günstigsten Fall selber bezahlen. Auf keinen Fall, die spinnen doch, außerdem will ich diese Schulden bei den Eltern loswerden, vielleicht mal später ... Wenn ich Pech habe, habe ich eben Pech.

Bin froh, wenn ich morgen wieder Dr. Leppa sehen kann und auf Phil freue ich mich auch schon, werde wohl am Donnerstag bei ihm übernachten, wenn er nichts dagegen hat, ich bin müde ...

Und Philipp klappte den Bildschirm runter, rieb sich die Augen, spürte Tränen an seinen Händen. »Oh Ewa. Arme, kleine Ewa ... Ich hatte ja keine Ahnung. Warum hast du auch nie was … meine Mutter hätte mir bestimmt das Geld …«, murmelte er leise vor sich hin. Dann nahm er den Laptop, steckte ihn wieder in den Rucksack, hing ihn sich über die Schultern. Im Treppenhaus klingelte sein Handy.

»Jaros hier. Bin am Roten Rathaus, habe mich verfahren. Könntest du bitte herkommen.«

»Dauert zehn Minuten. Was fährst du für ein Auto?«

»Einen silbernen Sprinter.«

»Bis gleich.«

Phil brauste mit seiner Vespa los. Trotz Daunenjacke kroch der kalte Wind unter seinen Pulli. Auch seine Oberschenkel spürten die Schärfe des Winds und fühlten sich nach wenigen Metern schon halb taub an. Wie gut, dachte er, dass Jaros schon im Zentrum war, nicht irgendwo weit draußen. Endlich sah er den großen alten Backsteinbau. Dort, wo Senatoren seit Jahrzehnten immer wieder aufs Neue versuchten, sich über Berlins Zukunft klar zu werden, von den paar Millionen Problemen dieser Stadt ganz zu schweigen. Dass sie diese jemals in den Griff kriegten, daran glaubte hier sowieso keiner mehr. Aber was machte das schon. Was wäre Berlin schließlich ohne Probleme, dachte Phil. Außerdem sind diese verdammten Schlaglöcher hier nichts im Vergleich zu dem, was Ewas Schwager und ihm gleich bevorstünde: in diesen Raum gehen, Ewa da aufgebahrt liegen sehen müssen. Sicher, Ewa wird anders aussehen als gestern in der Pathologie. Kein Blut, keine Wunden im Gesicht, sie werden sie wie einen schlafenden Engel aussehen lassen. Werden ihr Make-up ins Gesicht gedonnert haben, dabei hasste sie Schminke immer so. Nur etwas Lippenstift und etwas Puder für ihre Wangen hatte sie sich gegönnt. Er wird sie nicht anfassen, dachte Phil. Er würde diese kalte Haut nur unerträglich finden, wo doch Ewa immer so warme Haut … als ob sie innerlich immer geglüht hatte, nicht nur nach dem Sex, sondern wann immer er sie anfasste. Er würde Jaros den Vortritt lassen. Würde sich im Hintergrund halten. Würde schauen, dass er so schnell wie möglich wieder rauskäme aus diesem Raum, in dem Ewa nun lag.

Jaros war größer, als er dachte, kräftiger Händedruck, dunkle Augen, die Phil in Windeseile abscannten. Sein Haarwuchs war recht spärlich, er sah um einiges älter aus, als Ewa ihn beschrieben hatte. Sein Lächeln wirkte gequält, doch dann entschied er sich, Phil in den Arm zu nehmen. Er drückte ihn an sich wie einen alten Freund, so dass Phil sein herbes Aftershave riechen konnte.

»Komm, lass uns zu diesem Beerdigungsinstitut fahren«, meinte Jaros. »Ich muss sie sehen, meine kleine Schwägerin. Das ist alles so schrecklich. Erst die Eltern, jetzt Ewa. Weronika ist nur noch am Weinen. Meinst du, ich kann Ewa heute schon mit nach Hause nehmen?«

»Weiß nicht. Der Typ aus dem Institut meinte, er müsse noch einige Papiere für die Überführung besorgen.«

»Verzeih die Unordnung hier, ist ein Baustellenfahrzeug von meinem Chef.«

»Stimmt ja, du bist Architekt! Laufen die Geschäfte gut bei euch?«

»Wir können nicht klagen. Haben seit letztem Monat sogar ein Großprojekt in Berlin. Ein ehemaliges Krankenhaus, das wir in Luxus-Apartments umbauen.«

»Achtung, ein Radfahrer.«

»Danke. Das hätte jetzt gerade noch gefehlt. Wie weit ist es noch?«

»Nicht mehr weit, nur noch über den Rosenthaler Platz da vorne.«

»Wie lange kanntet Ihr euch, Ewa und du?«

»Sechs Monate.«

»Nur sechs Monate. Aber du hast sie geliebt, oder?«

»Ich denke schon. Wenn man das nach so kurzer Zeit überhaupt sagen kann.«

»Manchmal genügt nur ein Augenblick, mein Freund. Meine Frau und ich sind das beste Beispiel. Gleich als ich sie auf unserem Dorffest zum ersten Mal sah, wusste ich, die oder keine. Bei ihr war's genauso, sagt sie.«

»Schön für euch. Aber Ewa war da anders …«

»Was meinst du?«

»Sie konnte unheimlich verliebt sein und im nächsten Moment wollte sie wieder weg. Sie hatte, glaube ich, Schwierigkeiten mit zu viel Nähe. Manchmal hatte ich sogar den Eindruck, als wollte sie Nähe und Distanz im selben Moment.«

»Das kenne ich. Immer, wenn sie bei uns zu Besuch war und es gerade richtig schön wurde, packte sie wieder ihre Koffer und verschwand. Keiner bei uns in der Familie verstand das. Weronika meinte, sie sei halt noch jung und hat, wie sagt man bei euch …?«

»Was meinst du?«

»Na, diese Dinger im Hintern«, sagte Jaros.

»Du meinst Hummeln im Hintern.«

»Genau.«

»Wusstest du, dass Ewa in den letzten Wochen zu einer Therapie ging?«

»Liegt wohl an der Großstadt, da braucht wohl jeder seinen Therapeuten?«

»Ich habe jedenfalls keinen.«

»Hätte mich jetzt auch gewundert. Machst ja einen recht patenten Eindruck. Was machst du? Beruflich?«

»Softwareentwickler für Spielekonsolen.«

»Sieh an, ein richtiges schlaues Kerlchen, wie?!«

»Da vorne rechts, dann noch fünfzig Meter.«

»Mit Parkplätzen sieht's aber ganz schön schlecht hier aus.«

»Versuch's mal da drüben in der Seitenstraße«, sagte Phil.

Drinnen im Vorraum wurden beide dann von einer jungen Dame begrüßt, die sie nach hinten in ein Zimmer brachte. Ein kleines Zimmer, wo die Toten für ihre letzte Reise hergerichtet wurden. Ein junger Mann war über einen offenen Sarg gebeugt, um an einem Toten scheinbar noch etwas zu verändern. Phil sah am Unterarm des Mannes lockige blonde Haare hervorschauen. Ewa, dachte er. Der Mann bemerkte die beiden, drehte sich um. Es war ein Kollege des Mannes vom Vortag. Er lächelte, meinte: »Da sind Sie ja. Wir haben soweit alles fertig. Auch die Papiere. War 'ne Höllenarbeit in der kurzen Zeit. Ohne unseren Juniorchef Herrn Barg hätten wir das nie so schnell geschafft. So, dann lasse ich Sie mal ein paar Minuten alleine.«

Phil ließ Jaros den Vortritt. Er ging zu dem offenen dunklen Holzsarg, schaute hinein. Dann murmelte er irgendwas auf Polnisch. Er beugte sich hinab, küsste Ewas Stirn. Dann streichelte er ihre Hand. Jaros trat zur Seite.

»Komm, du kannst sie dir ruhig anschauen. Sie sieht aus wie ein schlafender Engel.«

Langsam trat Phil nach vorne. Er sah zuerst die weiße Spitzendecke, die ihren Körper bis zum Halsansatz bedeckte. Dann betrachtete er ihre gefalteten Hände. Sie erschienen ihm etwas dicker, als er sie in Erinnerung hatte, aber waren immer noch wunderschön. Ihre Nägel exakt gefeilt, der weiße Zierstreifen an den Nagelenden glänzte, als ob sie gerade aus einem Kosmetiksalon käme. Dann sah er ihr Gesicht. Sie schien zu lächeln, als ob sie gleich aufstehen und sagen würde:»Alles nur ein Scherz. Kommt, lasst uns was trinken gehen.« Doch sie würde nicht aufstehen. Nie mehr wieder. Jedenfalls nicht in diesem Leben. Dann erst realisierte Phil diesen roten Lippenstift auf ihren Lippen. Es störte ihn gewaltig, dass man ihre Lippen so kräftig angemalt hatte. Ewa trug so selten Lippenstift, und wenn, dann höchstens in zartem Roséton, aber niemals diese vulgäre rote Lippenfarbe. Auch das Rouge auf ihren Wangen wirkte geschmacklos, mal ganz abgesehen davon, dass sie nie welches trug.

Ewa mag zwar ein Escortmädchen gewesen sein, das Männern für Geld so manchen Wunsch erfüllte, aber eine billige Nutte war sie gewiss nicht. Ewa hatte Klasse. Je länger Phil sie anschaute, desto mehr schien es ihm, als ob ihre Augen ihm zuflüstern wollten: ›Phil, bitte sorg dafür, dass sie dieses rote Zeug wieder entfernen. Ich will nicht, dass sie mich zu Hause in Polen so sehen. Bitte, Phil.‹

Phil ging nach draußen, erklärte dem jungen Mann, dass das Rouge und der rote Lippenstift entfernt werden sollten, dafür wolle er zartes Rosé auf ihren Lippen und etwas mattierenden Puder auf ihren Wangen.

Der junge Mann schaute Phil zunächst erstaunt an, versuchte ihm zu erklären, dass Ewa durch ihre Behandlung nur frischer aussehe. Doch Phil unterbrach ihn.

»Hören Sie, wer die Musik bezahlt, bestimmt auch, was gespielt wird. War das jetzt deutlich genug?«

»Wie Sie meinen. Wird aber ein paar Minuten dauern.«

Phil ging wieder zurück in das Totenzimmer. Jaros schien sofort zu verstehen, auch er fand den Lippenstift zu kräftig, schließlich sei *EWA JA KEIN FLITTCHEN GEWESEN.* Dann gingen die zwei nach draußen vor die Ladentür, Jaros steckte sich eine Zigarette an.

»Wenn wir schon beinahe viertausend Euro für alles bezahlen, dann können wir ja verlangen, dass sie Ewa wenigstens natürlich aussehen lassen, oder etwa nicht?«

»Sehe ich genauso. Viertausend Euro sind schließlich ne Menge Geld«, sagte Phil.

»Das kannst du wohl sagen. Wir haben extra einen Kredit aufnehmen müssen. Aber ... aber das spielt keine Rolle. Für Ewa würden wir noch mehr tun, wenn es nötig wäre.«

»Über Geld müsst Ihr euch bald keine Sorgen mehr machen, glaub mir.«

»Dann weißt du mehr als ich. Wenn ich an unseren Kredit für das Haus denke, dann das neue Auto für Weronika, dann noch diese verdammte Krise, die alles so teuer macht.«

»Mag sein. Aber ...«

»Aber was, hat Ewa etwa im Lotto gewonnen?«

»So ähnlich. Ihr Kunstprofessor hat gestern all ihre Bilder an einen reichen amerikanischen Sammler verkauft.«

»Dein Ernst?! Aber bist du sicher, dass Ewa das gewollt hätte, alle ihre Bilder zu verkaufen, kein Bild für ihre Familie oder dich?«

»Ich habe zwei Bilder, eins für euch und eins für mich, beiseite getan. Für die anderen Bilder hatte der Professor Ewas schriftliche Einwilligung. Interessiert dich gar nicht der Preis? Immerhin seid ihr die einzigen Erben.«

»Na doch, sag schon.«

»Eine Million Euro.«

»Du machst Witze?!«

»Sehe ich so aus?«

»Mein Gott, das ist ja … Dann hat Ewa doch ihr Versprechen wahrgemacht.«

»Was für ein Versprechen?«

»Sie sagte immer: ›Eines Tages werdet ihr schon sehen. Dann werdet ihr staunen, was eure kleine Ewa alles geschafft hat.‹ Und wir haben immer nur gelacht.«

Phil wusste gleich, was Ewa in Wahrheit gemeint hatte. Mit dem Escortgeld endlich die Kosten für ihr Studium bei den Eltern zu begleichen. Oh Ewa, dieser ganzer Escortmist, all diese perversen Spielchen deiner Kunden hättest du gar nicht nötig gehabt, wenn du doch nur ein bisschen mehr an deine Kunst geglaubt hättest, dachte Phil. Der Wind blies den beiden Männern ins Gesicht, Jaros' verbliebene Haarsträhnen schienen die Gelegenheit zu nutzen, einen kleinen Tanz auf seinem Kopf aufzuführen. Jaros war das sichtlich unangenehm, wurde doch so das Ausmaß seines spärlichen Haarwuchses nur noch deutlicher. Immer wieder versuchte er den Tanz zu unterbinden, die Haare wieder über den kahlen Kopf zu legen. Doch es schien aussichtslos.

»Komm, lass uns reingehen. Der Wind ist ja nicht zum Aushalten.«

Wieder drinnen schauten die beiden nochmals nach Ewa, was sie dann jedoch sahen, machte sie zufrieden. Ewa sah endlich wieder so aus, wie beide sie gekannt hatten. Eine junge, schöne Frau, die keine übertriebene Schminke brauchte und ganz sicher nicht diesen nuttigen roten Lippenstift. Ihre Lippen schimmerten jetzt in zartrosa, ihre Wangen in einem leichten roséfarbenen Teint, als ob sie gerade von einem Sommerspaziergang nach Hause gekommen wäre. Bald würde Ewa für immer nach Hause zurückkehren. Nach Hause in ihr kleines polnisches Dorf …

Während Jaros das mit der Rechnung erledigte, fragte Phil die Empfangsdame nach der Handynummer des Juniorchefs, der auswärts bei einem Kundentermin war. Er wolle Herrn Barg kurz anrufen, meinte Phil zu der jungen Frau. Jaros hatte davon nichts mitbekommen, er war noch zu vertieft in das Abzählen der Fünfzig-Euro-Scheine.

Ein Angestellter des Beerdigungsinstituts gab Jaros schon mal die Rechnung und die Überführungspapiere. Wo er denn sein Auto geparkt habe, wollte er noch von Jaros wissen.

»Gleich um die Ecke, in der nächsten Seitenstraße.«

»Dann fahre ich mit einem Kollegen dorthin, damit wir den Sarg umladen können.«

Phil war in der Zwischenzeit nach draußen gegangen, um diesen Juniorchef zu erreichen. Er wollte nicht, dass Jaros davon etwas mitbekam. Denn Phil beschlich so ein merkwürdiges Gefühl, was diese Lippenstiftfarbe anging, die man Ewa zunächst aufgetragen hatte.

»Phil Terces …«

»Terces. Der Freund von Frau Nemkowa.«

»Wieso haben Sie meiner Freundin diese vulgäre Lippenstiftfarbe auftragen lassen?«

»Herr Terces, das tut mir leid. War wirklich nicht meine Absicht.«

»Sie haben also nicht von den beiden netten Herren in der Pathologie einen dezenten Hinweis bekommen?«

»Ich weiß nicht, was Sie meinen, Herr Terces?«

»Ich denke, Sie wissen genau, was ich meine. Weronika, klingelt's da bei Ihnen?«

»Hören Sie, Herr Terces, ich kann ja verstehen, dass Sie wütend sind, aber es ist nicht so, wie Sie denken. Ich wollte Ihre Freundin nicht beleidigen, aber ich kannte sie von früher …«

»Als Escort, die Sie buchen konnten, richtig?«

»Da trug sie mal diese roten Lippen, und da dachte ich … weil, ich finde ja, es stand ihr unheimlich gut …«

»So, dachten Sie. Wissen Sie, was ich denke? Damit Ihre Frau davon nichts erfährt, sollten Sie die Rechnung für Ewas Schwager um tausend Euro reduzieren. Er muss nämlich mit jedem Cent rechnen.«

»Ich kann mich dann auch darauf verlassen, dass diese Sache unter uns bleibt, Herr Terces?«

»So sicher, wie der Tod jeden von uns irgendwann ereilt, Herr Barg. Wäre nett, wenn Sie Ihrer Rechnungsabteilung kurz Bescheid geben. Ewas Schwager ist nämlich gerade dabei, zu bez…«

»Ist gut. Nochmals, es tut mir wirklich leid.«

Phil blieb draußen stehen, wartete ab. Kurze Zeit später kam Jaros heraus.

»Du glaubst gar nicht, was gerade passiert ist.«

Die Dame, meinte Jaros, habe gerade einen Anruf von ihrem Chef bekommen, dass er ihnen tausend Euro erlassen wolle wegen neuer vergünstigter EU-Richtlinien.

»Er mag euch Polen eben. Lass uns zum Wagen gehen«, sagte Phil. Nachdem der Sarg in Jaros Lieferwagen fest verzurrt war, verabschiedeten sich die Angestellten des Beerdigungsinstituts bei Jaros und Phil. Dann nahm Phil Jaros in den Arm. Er wünschte ihm und seiner

Familie alles Gute. Meinte mit feuchten Augen, er werde nicht zur Beerdigung kommen. Er könne das nicht mitansehen, wenn sie Ewas Sarg in die Erde hinabließen. Später mal werde er ihr Grab besuchen kommen, aber jetzt sei er einfach nicht in der Lage dazu. Jaros zeigte Verständnis, wünschte ihm auch alles Gute. Er drückte Phil einen kleinen Zettel in die Hand, auf dem die Bankdaten standen. Und seine Visitenkarte gab er Phil auch noch. Damit sie auch weiter in Kontakt blieben. Seine Frau würde sich sehr freuen, ihn auch einmal kennenzulernen. Ewa hatte ja immer von ihm erzählt.

»Hat sie das? Hat sie das wirklich?«

»Am Anfang haben wir uns auch gewundert, weil das sonst gar nicht ihre Art war, über Beziehungen zu reden.«

»Ich werde euch irgendwann besuchen kommen, ganz bestimmt.«

»Das wäre schön.«

Dann fuhr Jaros los, Phil machte sich auf zum nächsten Taxistand. Nachdem der Taxifahrer ihn am Roten Rathaus abgesetzt hatte, entschied Phil, noch mal zu Ewas Wohnung zu fahren, um die beiden Bilder mitzunehmen.

Vor seinem eigenen Hauseingang traf Phil dann auf Matt, der überraschenderweise schon früher aus Zürich zurückgekehrt war und gerade die Haustür aufschloss. Matt spürte gleich, dass etwas geschehen sein musste, so fertig hatte er Phil schon lange nicht mehr gesehen. Bleiches Gesicht, Ringe unter den geröteten Augen, die Haare ungewaschen. Auf dem Weg nach oben in ihre Wohnung brach es dann aus Phil heraus. Alles, was er bisher zurückgehalten hatte. Seine Wut, seine Tränen, sein Schmerz. Matt hörte schweigend zu, unterbrach Phil nicht ein einziges Mal. Als Matt dann oben im vierten

Stock die Tür aufschloss, traf er die einzig richtige Entscheidung. Keine langen Diskussionen, er nahm Phil die Bilder ab, stellte danach seinen Koffer in den Flur, meinte: »Lass uns einen trinken gehen. Ich lade dich ein.«

»Bin dabei.«

»Weinerei?!«

»Die am Zionskirchplatz?«

»Ja.«

5. Kapitel: Cochonneries (*Schweinereien*)

Der Abend sollte lang werden. Sehr lang.

»Und Louise hat alles mitansehen müssen?«, fragte Matt.

»Ja.«

»Meinst du nicht, wir sollten uns um sie kümmern? Ich meine, der Unfall, die fremde Stadt, sie sitzt jetzt allein zuhause?«

»Ich habe keine Handynummer von ihr ...«

»Versuch's mal auf unserer Festnetznummer, vielleicht ist sie ja schon zuhause?«

»Meinst du?«

»Komm schon, Phil.«

Phil ließ es dreimal, viermal, fünfmal klingeln, doch niemand hob ab.

»Komm, versuch's noch mal. Vielleicht hat sie ja das Telefon nicht gleich gefunden?«

Wieder ließ Phil es ein paar Mal läuten. Dann endlich ertönte am anderen Ende eine leise Stimme.

»Ja, wer ist da?«

»Ich bin's, Phil. Matt und ich sitzen gerade hier in der Weinerei. Haben uns gefragt, ob du vielleicht Lust auf ein paar Drinks hast?«

»Warum nicht? Kann sowieso nicht schlafen. Wie komme ich da hin?«

»Hast du was zu schreiben?«

»Moment, ich muss kurz in mein Zimmer ...«

Phil hörte ihre Schritte, beim Rückweg schien sie schneller zu gehen, ihre Absätze klackerten wie Kastagnetten, die man auf dem Boden hinter sich herzog.

»Schieß los.«

»WEINEREI, INVALIDENSTRASSE.«

»Habe ich.«

»Für alle Fälle gibst du mir noch deine Handynummer«, sagte Phil.

»Warte, ich muss noch mal kurz in mein Zimmer. Ich kenn diese Prepaid-Nummer noch nicht.«

Wieder dieses Flamenco-Geklacker, nur noch schneller als beim letzten Mal. Dann hörte er Lou fluchen.

»Merde alors. Où est ce téléphone? So, da bin ich wieder …«

»0176…«

»Bis nachher.«

Phil kritzelte die Nummer auf eine Serviette und speicherte sie danach in seinem Handy.

Matt erzählte derweil von Zürich. Von all den Vorträgen, die er in den letzten Tagen besucht hatte, fand er einen ganz besonders interessant. Es war der Vortrag eines New Yorker Professors zur Finanzkrise. Nachdem der Professor zunächst auf die Hintergründe der weltweiten Krise eingegangen sei, zu denen er vor allem die Gier, die fatalen Vergütungssysteme der Banken, aber auch die Dummheit der meisten anderen Akteure zählte, habe dieser Professor den Zuhörern plötzlich eine Frage gestellt.

Matt klickte ein paar Mal auf seinem Handy, ließ dann den aufgenommenen Vortrag ablaufen.

Meine Damen und Herren, nachdem ich Ihnen nun die wesentlichen Gründe für dieses globale Desaster genannt habe, fällt jemand unter Ihnen noch ein Grund ein, warum es soweit kommen konnte? Nein? Nun, dann werde ich Ihnen noch einen weiteren Grund nennen. Es ist die verquere Sprache dieser Finanzleute …

Nehmen wir zum Beispiel den Begriff Risiko. Ein Wort, das eigentlich in seiner Aussagkraft klar und unmissverständlich ist. Ein Wort, das eindeutig eine Gefahr signalisiert, wobei man die Eintrittswahrscheinlichkeit dieser Gefahr durch Quantifizierung in Prozenten noch näher bestimmen sollte, so dass die Akteure – die Banker, aber auch die Kunden – besser verstehen, auf was sie sich da einlassen.

Also sagen wir, dieses oder jenes Finanzprodukt trägt ein 5 %iges oder 75 %iges Risiko eines Verlustes. So eine Aussage wäre fair. Doch was macht die Finanzbranche? Sie spricht nicht von Risiko, erst recht nicht von dessen quantitativem Eintritt, sie spricht lieber von einer gewissen Varianzbreite oder einer vernachlässigbaren Streuung um den Mittelwert ... Was zugegebenermaßen nun wirklich nicht gerade bedrohlich klingt. Aber genau das war es, was dieses Chaos erst möglich gemacht hatte: bewusst kompliziert konstruierte Produkte mit verharmlosenden Begriffen aus der Finanzwirtschaft zu beschreiben. In diesem Sinne, meine Damen und Herren, achten Sie in Zukunft auch in ihrer eigenen Zunft auf eine klare, deutliche Sprache, benennen Sie die Dinge bei ihrem Namen. Ich gebe Ihnen noch ein Beispiel. Sagen wir, jemand ist wirklich dick, eindeutig übergewichtig. Dann sagen Sie in Zukunft: Ja, mein Lieber, du bist zu dick. Nicht etwa: Du bist physikalisch eben einfach nicht so begrenzt. Was nützt dieses ganze politisch korrekte, oder besser, manipulative Gerede, wenn es dann im Endeffekt solche Schäden anrichtet ...

»Interessanter Typ, dieser Professor«, meinte Phil. »Du weißt bestimmt noch seinen Namen.«

»Klar«, sagte Matt, »Professor Doglef. Geht, soviel ich weiß, nächstes Jahr in Pension, will dann nur noch Bücher schreiben.«

Phil und Matt hatten schon einige Bierchen intus, da kam Lou zur Tür herein. Dunkelblauer Parka, dunkelblaue, sehr enge Jeans. Nachdem sie die beiden erblickt hatte, zog sie langsam ihren Parka aus und öffnete anschließend ihre Haare. Nicht nur Matt und Phil sahen ihren engen roten Pulli, unter dem sich ihre Knospen abzeichneten. Auch die Frauenclique am Nebentisch bemerkte Lou. Starrte ganz ungeniert auf ihre Möpse, scannte Beine und Po im Seitenprofil. Lou begrüßte Phil mit zwei Küsschen, dann wandte sie sich Matt zu, dem sie ihre Hand entgegenstreckte, worauf dieser sich erhob und ihre Hand ergriff, um sie anschließend mit einem gehauchten Handkuss zu bedecken.

»Es freut mich, Ihre Bekanntschaft zu machen, Madame«, sagte Matt. Louise strahlte, schien geradezu entzückt vor so viel unerwartetem Gentlemantum. Sie setzte sich zwischen Phil und Matt legte ihre Hand auf Matts Knie.

»Ich schätze gute Erziehung.«

»Ach ja?«, sagte Matt.

»Ja, wenn man mich gut erzieht.«

»Ich dachte, du bist ein gut erzogenes Mädchen«, sagte Phil.

Dann legte Lou ihre Arme auf die Schultern der beiden Männer, zwang die beiden so, sich ihrem Kopf zu nähern. Dabei erklärte sie ihnen seelenruhig, dass sie heute ein böses Mädchen gewesen sei und nachher dafür bestraft werden möchte. Matt, der nicht ganz zu verstehen schien, sagte: »Du willst was?«

»Ich will, dass ihr beide es mir nachher heftig besorgt. Ich brauche andere Bilder im Kopf, versteht ihr?!«

Phil und Matt schauten sich an. Schienen verwirrt, ob Lou sie beide nicht gerade böse verladen wollte.

»Ihr habt mich schon richtig verstanden«, sagte Lou mit einem coolen Grinsen. »Also trinkt nicht mehr so viel, damit ihr nachher euren Mann stehen könnt.« Dann griff sie beiden zwischen die Beine. »Immerhin darf ich bei euch beiden da ja einiges erwarten. Wäre doch schade …«

So schnell hatte Phil Matt noch nie eine Rechnung bezahlen sehen. Er drängte sich an der Schlange am Tresen vorbei, versenkte zwei Zwanziger in der Glasschale. (Alle bezahlten hier nur so viel, wie ihnen der Konsum der Getränke wert zu sein schien.) Keine drei Minuten später standen alle drei auf der Straße, bereit für eine NACHT ZU DRITT. Das heißt, Phil hatte da noch gewisse Bedenken.

»Bist du dir wirklich sicher …«, worauf Matt ihm toxische Blicke zuwarf. Durchaus verständlich. Gab es nun mal Gelegenheiten, die zu vermasseln einen das ganze Leben verfolgen konnten. Doch Lou, einmal in Fahrt … machte den Scotch, den sie zuvor in der Wohnung fand, für alles verantwortlich. Er sei wohl doch zu lange im Eichenfass vor sich hin gereift, als dass er keine Wirkung bei ihr hätte entfachen können … Und so, wie Lou Phil anblickte, war zumindest eines sicher: Hätte Phil sich der Ménage-à-trois verweigert, Lou hätte ihn mit Sicherheit an den Eiern gepackt und ihn gefragt, ob er künftig als Pussy oder als Mann durch die Welt gehen wolle. Mal ehrlich, wer hätte da schon die falsche Antwort gegeben.

Doch soweit kam es nicht. Lou blieb kurzerhand stehen, sagte: »Klar bin ich mir sicher. Ficken fördert die Durchblutung, hilft zu vergessen. Außerdem hatte ich noch nie einen Dreier mit zwei Typen.«

»Na dann …«, sagte Phil. Matt atmete erleichtert durch.

Die Nacht war definitiv eine der versautesten, die alle drei je erlebt hatten. Dabei fing alles noch ganz harmlos an. Obwohl …

»Du verbindest mir jetzt mit einem Schal die Augen. Ich muss dann erraten, welcher Schwanz es ist. Meinst du, du schaffst das, Matt?«

»Klar. Aber klar doch. Phil, wo ist der Schal?«

»Phil, hol du bitte das Olivenöl für meinen Arsch. Will ja aus der Nummer mit euch wieder heil rauskommen.«

Phil dachte nur: Verdammt, versauter als Ewa kann doch unmöglich sein. Oder doch? Ein Handtuch für Lous Schreie brauchten sie auch. Schon wegen der Nachbarn. Nicht, dass die Polizei noch irgendwann vor der Tür stand. Selbst die Bässe aus Matts Anlage schienen machtlos, wenn ihr Stöhnen unter dem Handtuch immer lauter wurde, wenn sie in sie eindrangen, mal getrennt, mal zusammen. Doch Lou konnte nicht genug kriegen. Dabei waren die beiden Freunde schon am Rande ihrer Kräfte. Wenn einer Pause brauchte, um sich zu erholen, dann lutschte sie den anderen, bis sein Schwanz wieder hart genug war, ihre Lust zu befriedigen. Irgendwann riss Phil ihr den Seidenschal von den Augen. Wollte in ihre Augen sehen, wenn sie seinen Schwanz blies und Matt sie dabei von hinten fickte. Im Morgengrauen schliefen die drei dann ein … bis …

»Phil, wo ist das Duschgel. Hey, wohl anstrengende Nacht gehabt?«, fragte Lou, die vor seinem Bett stand, die Arme verschränkt. Phil rieb sich die Augen, sah, dass seine Bettdecke am Boden lag und er, wie Gott ihn schuf, mit dieser Morgenlatte nackt auf dem Rücken.

»Wir hatten heute nicht diesen unglaublichen …?«

»Hatten wir nicht!«, grinste Lou.

»Du hattest auch nicht zu viel Scotch?«

»Was für Scotch? In der Küche stand nur ne leere Flasche Bourbon.«

»Duschgel ist übrigens alle. Nimm Seife aus der Küche«, sagte Phil.

»Fuck«, sagte Lou und verschwand aus Phils Zimmer.

Fuck! Es war nur ein Traum. Aber andererseits auch gut. Damit dürfte ihn Matts Wiehern beim Abspritzen wohl nicht weiter verfolgen. Überhaupt, mit Matt einen Dreier? Nee, Mann, musste nicht sein. Hatten wohl in der Weinerei doch zu viel gebechert. Aber Mann, dieser Traum fühlte sich so verdammt echt an. Und warum hatte er eigentlich solche Kratzer auf seinen Oberschenkeln? Er zog die Bettdecke aufs Bett und richtete sich auf. Im Flur begegnete ihm Matt. Ziemlich verschlafen murmelte er: »Mann, Mann, gestern haben wir's echt übertrieben. Hab 'n Kopf, sag ich dir. Du, Lou sucht das Duschgel.«

»Ich weiß.«

»Mit der unter der Dusche, das würde munter machen, was?«

»Kann sein.«

Beide hörten vom anderen Ende des Flurs Duschgeräusche. Sie schauten sich an. Matt zog die Auenbrauen hoch, Phil grinste. Dann ging jeder wieder in sein Zimmer.

Die nächsten Wochen mussten alle drei kräftig ran in ihren Jobs. Matts Doktorarbeit musste vor der Abgabe im Oktober an einigen Stellen nochmals umgebaut und ergänzt werden. Phils Entwicklungen für neue Spiele, die Meetings, die Messen, der Zweitjob ... 40 Stunden pro Woche wären echt Urlaub gewesen. Auch Lou konnte sich bei ihrem Forschungsprojekt an der Charité über zu wenige Überstunden nicht beklagen. Wenn alle drei sich mal sahen, dann meist nur spät am Abend, wenn der eine etwas aus dem Kühlschrank holte, während der andere gerade nach Hause kam. Am Wochenende schliefen sie meist oder trafen sich mit anderen Bekannten höchstens mal in einer Kneipe. Wobei Lou neuerdings öfters junge Kolleginnen oder

Freundinnen mit nach Hause brachte. So genau wusste Phil das nicht. Sie gingen meist sofort kichernd in Lous Zimmer und blieben dort für Stunden. Was sie dort machten, hätte Phil schon interessiert, doch besondere Geräusche außer Playlist-Musik waren nicht zu hören. Dann, eines Abends – es muss so gegen 23 Uhr gewesen sein, als Matt noch auf Tour war –, schloss Phil gerade müde die Wohnungstür auf. Plötzlich ging Lous Zimmertür auf und eine halbnackte junge Frau sprang kichernd an ihm vorbei ins Bad. Kurz darauf kam Lou ebenfalls aus dem Zimmer, nur mit einem Slip und T-Shirt bekleidet. Sie sah Phil an, sagte: »Hey, cool. Hab gerade eh mehr Lust, es mir dir zu treiben als mit Matt.«

»Wie?«

»Claire und ich haben beschlossen, dass der erste, der von euch beiden heute Abend auftaucht, von uns vernascht wird. Claire steht auf FFM, du verstehst?!«

»So so, habt ihr beschlossen. Wer sagt, dass ich Lust dazu habe?«

»Hey, ich weiß, dass du scharf auf mich bist. So oft, wie du meinen Namen schon im Schlaf gestöhnt hast. Hast ja nicht mal gemerkt, als ich dir nachts den Oberschenkel zerkratzt habe, so horny warst du in deinem Traum. Aber mach dich trotzdem bitte kurz frisch.«

Phil war fürs Erste sprachlos angesichts dieser französischen Selbstüberschätzung. Aber ehrlich gesagt, Lou sah zum Anbeißen aus und diese Claire hatte einen absoluten Index-Arsch. Und er hatte schließlich schon eine ganze Weile keinen Sex mehr gehabt. Zur Sicherheit zwickte er sich kurz in den Arm, bevor er ins Bad ging. Dort machte sich Claire gerade frisch. Als sie ihn reinkommen sah, meinte sie ganz lässig: »Ah, da ist unser Lustobjekt. Zieh deine Shorts aus, ich wasch deinen Schwanz.«

»Danke, das schaff ich schon alleine.«

»Damit macht's doch mehr Spaß.«

Claire zog ihr T-Shirt aus, präsentierte ihm ihre strammen Titten mit einem Lächeln, das Weltkriege verhindert hätte. Er entledigte sich seiner Jeans und Boxershort. Sie nahm einen Frottierlappen, ließ Wasser drüber laufen, gab Waschgel darauf und fing an Phils Schwanz damit einzuseifen. Es dauerte nicht lange und Philipps treuester Freund schien ziemlich Gefallen daran zu finden.

»Lou hat doch nicht übertrieben. Redet schon die ganze Woche von deinem Schwanz, dass sie ihn endlich …«

Sie entfernte die Seife mit ausreichend Wasser, meinte dann grinsend: »Darf ich?« Sie bückte sich, nahm Phils bestes Stück in den Mund. Philipp, immer noch bemüht cool zu wirken: »Ach ja, tut sie das. Oh … fuck …«

Dann packte sie seinen Schwanz, zog Phil hinter sich her. Phil griff ihr von hinten zwischen die Beine, schob ihr Höschen zur Seite. Brachte Claire immerhin kurz zum Halten.   .

»Wir haben's ja gleich geschafft.«

Was dann folgte, könnte man durchaus unter der Überschrift *Two horny pussies want porn! Now!* subsumieren. Geleckt, gefingert, geküsst, mal mit Haut, mal mit Gummi, mal mit kleinen Stromstößen gefickt. Die beiden Frauen waren ziemlich hungrig, so dass Philipp über jede noch so kleine Unterstützung froh war. Lous neuer Mini-Vibrator in Form eines Lippenstifts war der perfekte Concierge fürs Untergeschoss der beiden Ladys. Mit seiner unbändigen Energie half er Phil beim gleichzeitigen Feuchtmachen der einzelnen Stufen. Eigentlich hätte danach alles gut sein können. Claire lag entspannt nach mehreren Orgasmen auf dem Rücken, ihre nackte Scham lediglich verhüllt durch ein Stückchen Bettdecke. Auch Phil fühlte sich wie nach einem grandiosen Joint: Fucking free … fucking flying away … Nur Lou schaute irgendwie leer, irgendwie seltsam abwesend aus dem Fenster. Phil hielt es jedoch für klüger, Lou erst mal nicht darauf anzusprechen. Erst als Claire nach einer Stunde die beiden verließ und als Letztes »so ein Abend muss unbedingt wiederholt werden« vom Treppenhaus nach drinnen drang, da fand Phil den richtigen Zeitpunkt gekommen, Lou auf ihre Blicke anzusprechen. Waren ja nach diesem wilden, hemmungslosen FFM-Ding, wo alle drei ihrer animalischen Lust ziemlich freien Lauf gelassen hatten, zumindest ungewöhnlich. Wie nach Reue oder Scham sahen ihre Blicke nun mal nicht aus. Abwesend, ja, aber gleichzeitig irgendwie … ja, irgendwie traurig, melancholisch … irgendwas in der Art. Bei Phils Frage, warum sie denn vorhin so …, wunderte sie sich, dass er dies bemerkt hatte. Doch Philipp bohrte weiter, worauf Lou meinte, sie wolle darüber jetzt nicht reden. Sie könne nicht. Doch Phil ließ nicht locker. Ihm könne sie es doch sagen, nachdem er ja heute quasi in jeder ihrer Körperöffnungen gesteckt habe, so was verbinde schließlich, schließe vielleicht manches aus, aber gewiss nicht mangelndes Vertrauen. Lou schaute ihn mit hochgezogenen Augenbrauen an.

»Wenn es so einfach wäre, glaubst du, ich hätte dir nicht schon längst erzählt, was mich in letzter Zeit so schlecht schlafen lässt?«

»Ist es wegen Ewa? Ist es, weil du mit mir im Bett warst und sie erst seit ein paar Wochen unter der Erde? Ist es das?«

»Nein, obwohl …«

»Obwohl was?«

»Es ist wegen Ewa. Aber ich kann nicht darüber reden.«

»Warum nicht?«

»Hab's ihr versprochen.«

»Jetzt komm.«

»Hör zu! Ich kann es dir nicht sagen! Außerdem kenne ich dich noch viel zu wenig. Nur, weil dein Schwanz und mein Arsch sich heute Nacht etwas näher kennengelernt haben, heißt das noch lange nicht, dass ich dir vertrauen kann.«

»But secrets can eat you up. Oder siehst du das Ganze wie Ewa?«

»Du meinst, dass Geheimnisse die Voraussetzung einer langen Beziehung sein können. Erstens haben wir keine Beziehung. Zweitens wirst du von mir nichts hören.«

»Ist gut. Hab's kapiert. Dauert bei uns Männern eben manchmal länger. Aber mein Hirn ist ja auch erst seit kurzem wieder da, wo's hingehört.«

Dabei blieb es auch für die nächsten Wochen. Sicher auch, weil Lou kurzerhand für genau diese Wochen zurück nach Paris musste; im dortigen Louis-Pasteur-Institut ein paar Tests für das Gemeinschaftsprojekt mit der Charité betreuen sollte. Doch Paris kam ihr auch sonst ganz gelegen. Sie hatte das Gefühl, nach dieser Nacht mit Phil für eine Weile raus aus Berlin zu müssen. Brauchte Abstand von diesem Typ, der sie, weiß der Teufel warum, einfach irrsinnig anzog. Doch das war nur die halbe Wahrheit. Die Sache mit Ewa machte ihr immer noch sehr zu schaffen. Dieser grausame Unfall der hübschen Polin, an deren Tod sie sich so schuldig fühlte. Sie wollte ihren alten Therapeuten in Paris aufsuchen, damit endlich diese Bilder aus ihrem Kopf verschwänden. Und Phil? Die erste Woche nach Lous Abreise schien ihm nicht sonderlich viel auszumachen. Klar, die Wohnung war mittlerweile leer, Matt mit seiner Spanierin in Barcelona im Urlaub, und Lou mit ihren tollen Beine irgendwo in Paris. Aber es gab ja noch den Sport und alte Kumpels, die sich plötzlich wieder mal meldeten, ihn abends öfters mit auf Tour nahmen. Von Vermissen also weit und breit keine Spur. Jedenfalls glaubte er das. Doch schon in der zweiten Woche kroch so ein merkwürdiges Gefühl durch seine Adern. Was sie jetzt wohl gerade machte? Ob sie auch mal an ihn dachte? Ob sie ihn vermisste? Ob er sie vielleicht mal …? Aber sie könnte ja auch mal? Fuck! Apropos, es war zwar Herbst, wenn der sich auch langsam dem Ende neigte, aber draußen glühte die Stadt noch immer. Frauen aus der ganzen Welt zum Greifen nah. Und er? Er saß hier vor seinem Mac, überlegte doch tatsächlich ein paar Pornoseitchen anzuklicken, um sich einen runterzuschütteln. Aber jetzt in irgend 'ne Bar gehen, irgend 'ne Chica aufreißen, sie die Nacht über durchnehmen, um sie am nächsten Morgen möglichst dezent wieder loswerden zu müssen? 'ne Profimaus? Oder 'ner Studentin helfen, den zu langen Restmonat auf ihrem Konto zu verkürzen? Warum nicht? War schließlich noch nicht so lange her, dass er selbst zu diesem 1000-Euro-Proletariat gehörte. Klang übrigens nur für die fremdartig, die keinen Schimmer von Berlins Angebotspalette hatten. Für alle anderen war klar: *1000 Euro for flat, food and fun are better than nothing… but definitely not enough to live this fucking adventurous Berlin Life!* Die Gier nach schmutzigem Sex bei all den sauberen Vorlesungen, die kannte er auch noch von früher. Er klickte das Portal *Take-me* an, scrollte zu *New Members*, blätterte ein paar Bilder durch. Doch leider fast nur Plastikmöpse, ihre Texte viel zu bordellastig. Wenn's dort nicht so lief, so schien es, gaben sich diese Tanten einfach als private Hotties aus, allerdings mit 'ner halben Seite Don'ts in der

Beschreibung sowie eindeutiger Präferenz zu Overnight-Dates. No way, too fucked up, dachte Phil. Doch dann sah er diesen Untertitel unter einem Photo: Miss Kinky90. Ein in Dessous gehüllter süßer Arsch, nackte 75 B/C-Brüste ohne Zusatzstoffe, dafür mit steil stehenden Nippeln. Es war dieser kleine Satz in ihrem Profil, der es Phil angetan hatte: *Sex ist nur dann schmutzig, wenn er richtig gemacht wird.*

Er mailte sie an: *Lust auf eine Stunde Spaß?*

Sie schrieb nach wenigen Minuten zurück: *Könnte sein. Aber kein Meister Proper Sex. Schick mir deine Nummer, keinen Bock auf lange Mails.*

Phil schickte Mobil- und Hausnummer. Ihr Hintern und ihre Beine erlaubten keine Zeit für Misstrauen. Und auf *Meister-Proper-Sex* stand diese kleine Medizinstudentin wirklich nicht. Schon am Telefon fragte sie: »Kannst du lange?«

Phil: »Wenn du lange kannst, kann ich das auch.«

Miss Kinky: »Gut, brauch's heute versaut. Scheiß Uni, scheiß Ex. You know. Du bist doch hoffentlich ordentlich ausgestattet?«

Phil überlegte kurz, ob er diesen strapazierten Satz: *Bisher hat sich noch keine bei mir beschwert,* loswerden sollte. Besann sich dann aber auf: »Schwanzlänge ist die Hausnummer!«

Miss Kinky: »Wie war jetzt noch mal deine Nummer?«

Phil: »Schau in deine letzte Mail.«

Sie nach ein paar Klicks erleichtert: »Yeah.«

Phil: »Übertreib nicht, wohne ja nicht in der 20.«

Miss Kinky: »Für mich reicht's. Bis gleich. Hey, keine Drugs. Ich will Performance, Baby!«

Miss Kinky brachte ihre »little supporters« gleich mit. Schien Phil anscheinend nicht ganz zu trauen, was sein Durchhaltevermögen anbelangte. Wobei Phil zugeben musste, dass so eine Vorbehandlung bei ihr mit vibrierenden Kugeln, mit sadistischen Zauberstäben inklusive neuester Sieben-Stufen-Technik schon was für sich hatte. Im Nu wurde aus einer blank rasierten MissKinky eine 1A LaraTropft. Neuerdings schienen Studentinnen in Berlin jedoch immer öfter lustvolles Stöhnen mit wildem Schreien zu verwechseln. Erst als Phil ihr ein Stück Kissen in den Mund steckte, konnte er sie halbwegs entspannt von hinten ficken, ohne sich als Möchtegern-Monsieur-de-Sade zu fühlen. Nachdem sie dann mehrmals um sich schlagend gekommen war, Phil sich jedoch noch immer nicht von seinen Spermien verabschieden konnte, fragte sie ihn leicht angepisst: »Hey, warum spritzt du nicht endlich ab? Will deinen Saft auf meinen Titten, klar?!«

»Weiß auch nicht. Vielleicht überreizt?«

»Oder verliebt. Erzähl! Frage mich sowieso, wieso so ein Prachtschwanz wie du noch auf dem Markt ist?«

»Die Kurzversion?«

»Aber bitte doch!«

»Schwer verliebt in meine Freundin. Wurde vor ein paar Wochen durch einen Unfall getötet. Ich vögelte danach mit unserer Mitbewohnerin, die mich irgendwie anzieht. Ihr geht's ähnlich, aber sie hat ein Geheimnis, das sie mit meiner toten Freundin teilt. Sie hat ihr versprochen, nicht darüber zu reden. Ist jetzt in Paris. Keinen Blassen, wann sie wiederkommt ... alles irgendwie fucked up ...«

»Verstehe. Dann versuch dieses verdammte Geheimnis rauszubekommen.«

»Wie denn?«

»Mann, geh in das Zimmer deiner Mitbewohnerin, durchsuch ihre Sachen. Vielleicht schreibt sie ja ein Tagebuch oder was weiß ich.«

»Ich geh doch nicht in ihr Zimmer. Mach ich nicht.«

»Musst du wissen, aber so kann's ja auch nicht weitergehen. Apropos, wo bleibt mein Saft?«

»Das ist jetzt nicht dein Ernst, oder?«

»Wirst du schon sehen.«

Miss Kinky zog ihm rasch das Kondom runter, nahm seinen weich gewordenen Schwanz in den Mund, knetete dabei kräftig seine Eier, ließ ab und zu einen Finger in seine Anus-Area wandern, um diese damit zu massieren ... und siehe da, so schnell, wie Phils Schwanz hart wurde, so schnell bekam Miss Kinky ihre wohlverdiente Erfrischung auf ihre Brüste serviert. Immerhin schien er also noch nicht ganz traumatisiert von dieser Pariserin zu sein. Konnte noch andere vögeln und dabei kommen.

Doch für etwas war er dieser kleinen, versauten Medizinstudentin am dankbarsten: Sie hatte ihn endlich wieder an etwas erinnert. ERINNERT AN EWAS TAGEBUCH. Wie zur Hölle konnte er Ewas Aufschriebe nur vergessen? War es die viele Arbeit? Oder die Angst, dass Weiterlesen in ihren Notizen ihn nie zur Ruhe kommen ließ? Dass am Ende mehr Fragen als Antworten übrig blieben? Doch das war, bevor er mit Lou und dieser Dingsda gefickt hatte. Vielleicht konnte er ja das Geheimnis, das Ewa und Lou teilten, mit Hilfe ihres Laptops lüften. Nachdem Miss Kinky das Apartment verlassen hatte, zog er Ewas Laptop aus der Schublade.

Zur Unterstützung holte er sich eine Flasche Bourbon aus der Küche, schenkte sich ein großes Glas ein und begann zu lesen.

16. August.

Matt diese kleine Lusche. Da bat Phil ihn, er solle aus den Bewerbe-rinnen die passende aussuchen, und was macht er? Leitet das Ganze an mich weiter ... ich hätte mit Frauen mehr Erfahrung und so. Vielleicht ganz gut so, wer weiß, wie lange es mich noch gibt, und wenn es soweit ist, dann würde ich mich besser fühlen, wenn ich Phil wenigstens die Nachfolgerin (mein Gott, wie das klingt) aussuchen konnte.

17. August.

Wow! Ganz schön viele Beautys hat Matt da rüber gemailt, aber ich denke, ich habe sie gefunden ... diese Französin Louise, die hat Klasse, würde mir echt auch gefallen. Und nächste Woche der Dreier mit diesem amerikanischen Pärchen und ich habe null Erfahrung mit Frauen im Bett. Muss unbedingt noch diese Woche den Termin mit diesem Callgirl vom Golden Palace klarmachen. Mist, hat erst am 18. einen Termin frei. Aber ich kann es ja nicht mit jeder treiben, vor allem beim ersten Mal und diese Carolina, die macht mich irgendwie ganz waschig ... oder heißt es wuschig ... egal, hab irgendwie echt Lust, sie zu ...

18. August.

Endlich wieder mit Phil gefickt, was für ne Nacht. Und nachher kommt diese Louise. Bin gespannt, wie Phil sie findet. Aber ich denke, er wird zufrieden sein. Und um 12 Uhr dann zu dieser Carolina. Bin echt neugierig, ob sie in Wirklichkeit auch so gut aussieht. Verdammte Schmerzen ... Wenn das so weitergeht, dann schieß ich mir echt ne Kugel in den Kopf, kann auch nicht mehr wehtun als diese ... Oh Gott, wann hört das endlich a...

Phil klappte Ewas Laptop zu. Er konnte keinen klaren Gedanken mehr fassen. Die ihn plötzlich überkommende Traurigkeit wegen Ewas Schmerzen ließ ihn minutenlang ins Leere starren. Dann, nach einer gefühlten Ewigkeit, fand er wieder zurück. Warum hatte sie ihm nie gesagt, durch welche Hölle sie da gehen musste? Warum hatte Matt ihm nie gesagt, dass er Ewa die Auswahl der Mitbewohnerin treffen ließ? Toller Freund, echt. Aber was ihn am meisten nervte: Der 18. August war Ewas Todestag und sie ging zu einem Callgirl. Lou …? Aber das kann nicht …? Doch! Lou war bei ihr. Jedenfalls behauptete sie, mit Ewa in den Stunden vor ihrem Tod zusammen gewesen zu sein. War das ihr Geheimnis? Dass sie mit Ewa bei einem Callgirl war? Er musste zu diesem Golden Palace, er musste zu dieser Carolina. Und dann musste er …

Doch bis Phil nach Paris reisen konnte, sollte noch einige Zeit vergehen, was unter anderem damit zu tun hatte, dass dieses Callgirl Carolina ein paar ernste Probleme hatte. Wie ernst diese Probleme sein sollten, durfte Phil gleich am nächsten Tag erfahren. Dabei wollte er doch nur diese Carolina fragen, ob sie am Tag von Ewas Unfall tatsächlich mit Ewa und Lou einen Dreier hatte. Er überlegte, wie er wohl am besten Carolina dazu bringen könnte, etwas darüber auszuplaudern. Denn normalerweise tun Callgirls so was ja nicht … über Kunden reden. Es sei denn, eine Menge Geld würde ihnen dafür geboten. Ihr Bild aus dem Internet, das er in der Nacht noch betrachtet hatte, ließ keinen Zweifel zu. Die Frau, die da gerade auf den Eingang des Golden Palace zulief, musste Carolina sein. Pagenschnitt, Twiggyfigur und mörderisch lange Beine. Phil wollte gerade seinen Roller ausmachen, als plötzlich eine Frau hinter einem parkenden Auto hervorsprang. Sie trug ein Messer in der Hand, rannte brüllend auf Carolina zu: »Wenn ich dich nicht haben kann, soll dich auch keine andere haben!«

Geistesgegenwärtig ließ Phil den Roller fallen, griff nach seinem Helm und schleuderte ihn in Richtung der Angreiferin. Die Verrückte fiel zu Boden. Phil ergriff Carolinas Hand, zog sie zum Roller, hob diesen auf und versuchte ihn zu starten. Was leider nicht sofort gelang, der Angreiferin aber Zeit verschaffte aufzustehen. Dann knatterte der Roller endlich, die beiden brausten los. Das Messer der Verrückten verfehlte Phils Hals nur um Haaresbreite. Er hörte sie noch schreien: »Ich werde dich kriegen, du verdammtes Miststück …«

»Scheiße. Die Alte dreht echt durch. Übrigens danke für die Rettung. Wie heißt du? Schutzengel?«

»Gestatten, Phil. Schätze, du bist Carolina?«

Carolina, einigermaßen verblüfft, dass Phil ihr nächster Kunde gewesen wäre, lud ihren Retter vielleicht gerade deshalb spontan zu einem Kaffee ein. Am besten nach Kreuzberg, meinte sie. Nur weg von dieser Verrückten. Die hatte Carolina bisher dreimal im Palace besucht. Sei eigentlich ganz sympathisch gewesen, meinte Carolina, während sie ihre Soja-Latte mit einem Strohhalm immer wieder penetrierte. Diese Helen musste sich aber wohl eines Tages in sie verliebt haben. Doch mit so 'ner Stalking-Kacke konnte ja nun wirklich niemand nicht rechnen. Zumal sie Helen von ihrer Freundin erzählt und gedacht hatte, damit sei alles klar.

Während Phil schon die ganze Zeit überlegte, wie er am besten auf Ewa und Lou zu sprechen kommen konnte, überraschte ihn Carolina mit der Bitte, sie nach Hause zu fahren. Sei nur ein paar hundert Meter von hier. Aber ihre Füße täten ihr weh. Außerdem müsse sie sich kurz was zum Entspannen reinziehen. Das Ganze heute sei doch 'ne Hausnummer zu groß gewesen. Keine zehn Minuten später standen die beiden vor Carolinas Haustür. Ob er nicht doch für ein kleines Tütchen mit nach oben kommen wolle? Er müsse noch zum Job und Angel Dust und Algorithmen vertrügen sich nicht so wirklich, wehrte er zunächst ab. Doch Carolina meinte nur lässig: »Take it as a challenge.« Außerdem sei frischer Kolumbianer ziemlich bewusstseinserweiternd, was ja nie schaden könne für kleine Nerds! Vielleicht hatte die Hottie Recht. Hatte sie, doch anders, als Phil dachte. Ganz anders.

Während Phil dieser perfekten Jeans-Arsch-Symbiose langsam nach oben folgte, saß Lou gerade bei ihrem Therapeuten ungefähr 1139 km und 39 Stufen entfernt auf einem grünsamtigen Sessel. Während ihr Therapeut ziemlich deutliche Fragen zu ihren Beziehungsängsten stellte, die Lou ein ums andere Mal den Atem verschlugen, verschlug es Philipp aus ganz anderen Gründen die Sprache. Kaum in Carolinas Zimmer auf dem Bett Platz genommen – sie sei gleich wieder zurück, hole nur kurz das Zeug aus der Küche –, blickte Phil voller Entsetzen auf Carolinas Schreibtisch. Nicht die Unordnung, nicht der Stapel an Modezeitschriften schockten ihn. Es war dieses Gesicht, das ihn in einem aufgestellten Silberrahmen anstarrte. Es war …

»Gefällt sie dir?«, betrat Carolina mit zwei Joints in der Hand das Zimmer.
»Kann man so sagen. Deine Freundin?«
»Sagen wir so, ich hoffe, sie entscheidet sich irgendwann ganz für mich. Sie macht es einem nicht leicht. In einem Moment bringt sie

dich zum Träumen, du glaubst, wer so Sex mit dir macht, kann gar nichts anderes als verrückt nach dir sein. Im nächsten Moment haut sie einfach nach Paris ab. Aber wenigstens gibt's ja Skype.«

Es war, verdammte Scheiße, es war Lou. Jetzt begriff er endlich den Aphorismus dieses Berliner Autors, den er vor Wochen mal gelesen hatte: *Es gibt keine Zufälle, denn nichts fällt einem zu, höchstens auf!* Diese Lou bestand wohl nur aus Geheimnissen. Aber eine Frage stand ja noch offen ...

»Wann hast du sie kennengelernt?«

»Witzigerweise beim Job. Ich glaube, es war der 17., nein ... warte ...«

Sie zückte kurz ihr Smartphone, klickte einige Seiten auf.

»Es war der 18. Hab's mir extra notiert. Hab so 'ne scharfe Session echt noch nicht erlebt. Louise kam damals mit so 'ner jungen Blonden in den Club. Hat sie angeblich nur zum Spaß begleitet. Zum Glück, kann ich heute nur sagen.«

Philipp zog heftig an seinem Joint.

»Sie steht also nur auf Frauen? Schade für uns Männer.«

»Das muss sie noch herausfinden. Mir gegenüber hat sie mal erwähnt, dass ihr Mitbewohner sie ziemlich feucht macht. Kannst dir ja denken, dass ich so was nicht gerade prickelnd finde. Aber was soll ich machen, ihr ein Lasso umwerfen? Dann ist sie ja gleich weg. Ich muss eben Geduld haben. Und wen fickst du so, wenn du dir gerade keine Profis reinziehst?«

»Hier mal ne Pussy, da mal ne Muschi. Kennst das ja. Berlin eben. The bigger the choice, the bigger the frustration.«

»Wem sagst du das. Und wenn du dich dann schon moneymäßig von Typen ficken lassen musst wie ich, dann wär's echt mal gut, die hätten was Größeres in der Hose und könnten länger als diese vier Minuten …«

Philipp blickte Carolina an, zog noch mal an seinem Joint, dachte, dass er die Zelte jetzt besser abbreche … da griff Carolina in eine Schreibtischschublade und holte etwas Rotes hervor.

»Was hältst du davon, wenn wir kurz dein Tütchen tauschen. Muss schon die ganze Zeit auf deine Beule starren.«

»Oh, Mist.«

»Ich wette, du hast Durchhaltevermögen, mein kleiner Retter?!«

So schnell wie Carolina sich das T-Shirt über ihre strammen Titten zog, sich ihrer Jeans entledigte, anschließend seine Hose öffnete, seinen Schwanz ins Kondom zwängte, ihr Höschen zur Seite schob und sich breitbeinig auf ihn setzte, so schnell war er noch nie von einer Fremden gefickt worden. Obwohl, ganz fremd war sie ihm ja nicht. Diese Carolina hatte es auch mit Ewa und Lou getrieben. So was verbindet.

Dennoch fühlte er sich lausig, als sie auf ihm kam, ihre Nägel in seinen Nacken krallte.

Als sie von ihm abstieg, hauchte sie ihm noch heftig atmend ins Ohr:

»Tat echt gut. Wenn du Bock auf einen Dreier mit mir und Louise hast, … jederzeit.«

»Besser nicht. Könnte es mit euch beiden sicher nicht aufnehmen.«

»Überleg's dir, ja? Würde zu gern erleben, wie Luise reagiert, wenn ich auf dir so abgehe.«

»Ich muss dann. Hat mich gefreut, dass ich helfen konnte.«

»Das hast du. Glaub mir, das hast du.«

Wieder unten beim Motorroller, dachte Philipp: *Berlin is really a slut … A fucking, horny, kinky slut.*

Er musste echt dringend was ändern. Sicher, die meisten seiner Spezies wären froh, wenigstens einmal im Leben ein so richtig versautes Wochenende in Berlin zu erleben. Mal 'ne Akademikerpussy, 'ne Touristenmuschi oder 'ne Working Vag ficken zu dürfen, in der Umkleide, Restauranttoilette oder in der Tiefgarage. Aber fast jede Woche so ein Programm? Dabei wollte er doch nur Ewa zurück. Ewa wär's gewesen. Aber Ewa war tot. Und Lou? Mit ihr könnte es was … aber scheint ja auf Frauen mindestens genauso abzufahren. Gut, dass sein Chef ein Penner vor dem Herrn war. So bestand wenigstens die Möglichkeit, für Paris was zu deichseln.

Am Mac fand Phil nach einigem Suchen eine kleine Gamer Convention. Verkaufte sie seinem Boss als ultimatives Meeting der Pariser Game Szene. Was Phil ein Lob einbrachte für so viel Engagement. Der Rest war No-Big-Deal. Bei Air BnB ein Flat von Donnerstag bis Sonntag im 8. Arrondissement gebucht, von seinem Chef noch einen Hunderter am Tag für Spesen rausgeholt, voilà Paris, j'arrive.

6. Kapitel: Paris & Lou

Musste er sich eben einen Nachmittag auf dieser Messe herumdrücken, die übrige Zeit war für Lou. Ihre Pariser Adresse fand er zwar nicht in ihrem Berliner Zimmer, dafür gab es das Louis-Pasteur-Institut in der Rue de Vaugirard. Irgendwo da drin musste sie ja arbeiten, diese Geheimnisse liebende Lou. Er würde sie morgens dort abpassen, sie würde überrascht, aber auch lächelnd vor ihm stehen, würde ihn auf nachmittags vertrösten, dann würde man weitersehen. So einfach war sein Plan. Ehrlich, er hätte funktionieren können. Wenn, ja, wenn nicht alles anders gekommen wäre. Schuld daran hatte ausnahmsweise mal nicht Phil, sondern Lou und ihre Angst vor dem Alleinsein.

Es war der Abend, bevor Lou damals nach Berlin aufbrach. Die Nacht war schwül und feucht. Die Pärchen auf der Ile de France lagen sich in den Armen, küssten sich oder versuchten die Nacht sonst wie zu bezwingen. Lou dagegen schlich alleine in eine Bar, wollte noch einen Absacker zu sich nehmen, um besser einschlafen zu können. Einen Apérol mit Whiskey oder ein, zwei Gläser Pinot Noir, jedenfalls etwas, das diese Einsamkeit betäuben konnte.
Kaum im *Chez Paul* angekommen, gerade die Tasche auf dem Bartresen abgestellt, sprach sie ein gewisser Baptiste Malagné an. Baptiste war ein braungebrannter Algerier, groß, attraktiv und machte angeblich irgendwas mit Kunst. Er bestellte beiden gleich eine Flasche Pinot Noir.
Dass damit der letzte Rest seiner monatlichen staatlichen Unterstützung mit einem Schlag aufgebraucht war, dass er eigentlich

in einem heruntergekommenen Banlieu-Apartment seines Cousins lebte und seine Kunst darin bestand, sich von einem Handlangerjob zum nächsten zu angeln, all dies sollte Lou erst später erfahren. Auch, dass dieser Baptiste seit seiner Kindheit immer von einer Frau wie Lou geträumt hatte. Groß, weiß, sexy, klug. Dass er sich sofort, als sie zur Tür rein kam, unsterblich in Lou verliebt hatte, auch dies erfuhr Lou erst später. Doch nun hatten beide erst mal diese Nacht vor sich. Die Nacht, die erst am frühen Morgen enden sollte. Nach einer Stunde hatten beide das *Chez Paul* verlassen und waren in ein Motel gegangen, das Lou bezahlen musste, weil Baptiste seine Kreditkarte angeblich zu Hause vergessen hatte. Dafür war der Sex einigermaßen wild und hart: an der Wand, auf dem Kachelboden des Badezimmers, über dem Balkongeländer mit Blick auf den Eiffelturm, der sich in etwas kleinerer Form immer wieder heftig in Lous Muschi zwängte. Doch Lou beklagte sich nicht. So verging wenigstens die Nacht inklusive eines kleinen Orgasmus. Sehen würde sie ihn sowieso nie wieder. Denn für sie war der Fall klar: Ein mittelmäßiger One-Night-Fick musste nicht wiederholt werden. Es sei denn, es wären dabei tatsächlich Gefühle entstanden. Doch bei Lou war das nicht der Fall. Sie hatte einfach Lust, brauchte jemand, der sie durch die einsame Nacht vögelte und vom Nachdenken abhielt. Tja, so war das bei Lou. Bei Baptiste lag die Sache, wie gesagt, leider etwas komplizierter. Er wollte sie nach ihrer Rückkehr aus Berlin unbedingt wiedersehen. Ob es ihr denn auch so ginge? Da Lou keinen Stress wollte, sagte sie: *Ja, klar.* Baptiste strahlte, gab ihr sein Kärtchen mit Emailadresse. Lou nickte, versprach ihm zu schreiben, sobald sie in Berlin sei … Was Frau halt so sagt, wenn die Nacht vorbei war, der Job rief und sie ihren Zug erreichen musste. Armer Baptiste. Doch er sollte seine Chance noch bekommen ... Philipp auch. Doch alle drei hatten noch keine Ahnung, für wen von ihnen es nach diesem Wochenende keinen Montag in Freiheit mehr geben würde.

Dabei fing eigentlich alles wie so oft ganz harmlos an. Zwei Tage, bevor Phil in Paris eintreffen sollte, lief Lou gerade zur Boulangérie, um sich mit einem Baguette und zwei Crossaints fürs Frühstück einzudecken. Konnte ja nicht ahnen, dass just in dem Moment Baptiste mit seinem Roller um die Ecke bog. Wie Lou später erfahren sollte, hatte er seit Wochen jeden Morgen das 7. Arrondissement durchkämmt, nur auf die vage Hoffnung hin, sie einmal frühmorgens auf dem Weg zur Arbeit anzutreffen. Woher er wusste, dass sie im Siebten wohnte? Die Bar *Chez Paul* brachte ihn auf die Idee, wie er ihr später gestand. Wer sich betrinken möchte, tat dies in aller Regel nicht allzu weit weg von seiner Wohnung entfernt. Lou jedenfalls trat aus der Boulangérie und sah, wie ein ihr irgendwie bekannter Typ seinen Helm am Lenker festmachte. Sie dachte noch, *oh nee ...*, schob sich das Baguette samt Tüte vors Gesicht, wollte so unerkannt das Weite suchen. Da hörte sie auch schon ihren Namen.
»Louise! Louise, so bleib doch stehen. Ich bin's, Baptiste!«
Da drehte sich Lou um, lächelte. Ihr Gesicht bekam die Maske einer Ertappten: *Hey, was für ne Überraschung. Mensch, ... ich glaub's nicht!*
Baptiste kam näher, nahm sie ohne Zögern sofort in den Arm, gab ihr zwei Wangenküsschen. Lou fand aus ihrer Überraschung zurück, wischte sich das Baguette-Mehl von ihrer dunklen Bluse.
»Ich weiß, ich hätte mich melden sollen, aber Berlin war nur Stress und hier in Paris ... dieses Projekt schafft mich echt, mon Dieu.«

»Ich fand's schade, dass du dich nicht … Egal. Jetzt haben wir uns ja wieder. Ich lade dich auf einen Kaffee ein.«

Lou überlegte kurz. Zeit fürs Institut war ja noch. Sollte ihm wohl noch mal klarmachen, dass aus ihnen beiden nix werden konnte. Also, warum …

»Warum nicht. Lass uns da drüben reingehen. Aber ich habe nur ne halbe Stunde.«

Die beiden hatten gerade Platz genommen, als die junge Bedienung an den Tisch kam.

»Baptiste?! Hey! Haben uns ja ne halbe Ewigkeit nicht mehr gesehen.«

Baptiste blickte auf, erkannte seine frühere Unikollegin Simone. Damals, als er mit Hilfe eines Stipendiums zwei Semester an der Sorbonne studieren durfte.

»Was machst du denn hier? Dachte, du bist längst in einer dieser Geldfabriken untergekommen?«

»Dachte ich auch. Aber gute Noten und Erasmuspraktika reichen heute nicht mehr. Es gibt zu viele von uns. Und zu viele Alte, die an ihren Stühlen kleben. Ich sag dir, ich hau bald ab … Hat keinen Sinn hier.«

Baptiste starrte erst Simone an, schaute dann rüber zu Lou.

»Kann ich verstehen. Du bist immerhin noch weiß. Vielleicht sehen wir uns ja bald in Berlin?«

Simone grinste. Meinte, einige ihrer Freundinnen seien schon da … Dann schaltete sich Lou ein.

»Ihr meint, dort gebe es mehr Jobs?«

»Das vielleicht nicht. Aber definitiv mehr Hoffnung«, sagte Baptiste.

»Mehr Hoffnung?«, fragte Lou.

»Mit wenig Kohle wenigstens einigermaßen anständig über die Runden zu kommen. Hier in Paris zahlst du doch schon für ein Wohnklo 800 Euro«, sagte Baptiste.

»Vergiss nicht die Aufheller. Die sind in Berlin auch megagünstig«, sagte Simone.

»Die Aufheller?«

»Alles, was das Leben leichter macht. Apropos, hast du noch Kontakt zu Jean-Luc, der hatte so super guten …?«, fragte Simone.

Baptistes Gesicht verlor kurz sein Lächeln. Dann zückte er einen Stift aus seiner Jacke, schrieb eine Telefonnummer auf eine Papierserviette. Reichte sie dann Simone. Sie bedankte sich, nahm die Bestellung auf.

Als sie wieder hinter dem Tresen war, stupste Lou Baptiste an.

»Vielleicht solltet Ihr die Drogen einfach mal sein lassen. Dann klappt's auch mit den Jobs.«

»Den Stuss glaubst du doch selbst nicht. Wenn du ständig Absagen bekommst, egal, wie du dich anstrengst, egal, wie tief du runter gehst in deinen Gehaltsvorstellungen, dich trotzdem keiner will …, dann möchte ich dich mal sehen.«

»Hast ja recht, aber ich kann eben mit diesem Drogenzeugs nichts anfangen. Mag nicht, wenn einem die Chemie die Kontrolle nimmt.«

»Verträgst wohl nix, wie?«

»Definitiv nicht mein Ding. Genauso wie das mit uns. Die Nacht damals war ja ganz spannend, aber wir müssen das definitiv nicht wiederholen. Habe gerade echt keinen Bedarf an Affären.«

»Wenn du meinst …«

Simone brachte den beiden Café au lait. Dann stieß Baptiste mit seinem Arm an Lous Tasche, die sofort auf den Boden fiel. Ein Teil des Tascheninhalts kullerte über die Dielen.

»Tut mir leid«, sagte Baptiste, wollte Lou helfen, alles wieder aufzusammeln.

»Schon gut, schaff ich allein.«

Lou konnte ja nicht ahnen, dass die Taschenaktion von Baptiste nur dazu benutzt wurde, ihr etwas in die Tasse zu tun. Nur ein paar Tropfen aus einem kleinen Röhrchen. Aber die hatten es in sich. Lou trank. Kurz danach fühlte sie sich auf einmal so merkwürdig. Arme und Beine spürte sie kaum noch, dann fingen Dinge an, sich zu drehen. Plötzlich sackte sie zur Seite weg, blieb auf der Bank liegen. Baptiste bat Simone ein Taxi zu bestellen, seiner Freundin ginge es nicht gut. Vermutlich der Kreislauf. Wolle sie besser nach Hause bringen und den Arzt rufen. Er bezahlte noch schnell. Als das Taxi kurz darauf vor dem Café hielt, hakte er Lou unter, verschwand mit ihr durch die Tür.

Danach ging's in eine der Ghettosiedlungen am Rande von Paris, wo sich Algerien, Marokko und der Tschad schon seit Jahrzehnten die Klinke in die Hand gaben. Triste Wohnblocks, an denen Satellitenschüsseln auf Balkonen wie Schutzschilder gegen die feindliche Welt da draußen angebracht waren. Wo einem rasch klar wurde, wer einmal hier gelandet war, für den war das Leben schon zu Ende, bevor es richtig begann. Und Baptiste mitten drin. Ohne seine kleinen Drogendeals hätte er dieses Maghreb Misery schon längst verlassen müssen. Denn selbst im Elendsviertel sind die Mieten oft elendig unverschämt.

Seit einem Tag nun lag Lou schon in Baptistes Wohnung, genauer gesagt, angekettet auf seinem Bett. Nur Allah wusste, was Baptiste alles mit ihr in dieser wehrlosen Lage angestellt hatte oder auch nicht. Aber wann käme er schon einem so herrlichen Geschöpf mit so prächtigem Hintern, so festen Brüsten jemals wieder so nahe. Plötzlich schlug Lou ihre Augen auf, sah, wie Baptiste sich gerade auszog.

»Mir geht's echt beschissen. Mir egal, was du gestern alles mit mir gemacht hast, aber ich brauche meine Medizin, und zwar schnell.«

»Welche Medizin?«

»Diabetes 2! Gib mir meine Tasche, bitte …«

Er schüttete den Inhalt auf den Schreibtisch, doch ihre Packung war leer. Sie bat ihn, sie loszumachen, sie in ihre Wohnung zu bringen, worauf Baptiste mit dem Kopf schüttelte. Er packte dafür ihren Schlüssel.

»Deine Adresse? Wo hast du das Zeug in deiner Wohnung?«

»Aber ich muss vorher noch dringend auf Toilette.«

»Meinetwegen. Aber mach keinen Scheiß, wenn ich dich losmache.«

Gesagt, getan. Als Lou fertig war, kettete er sie wenigstens mit nur einer Hand am Bettpfosten fest. Gab ihr noch eine Flasche Wasser und eine Schüssel für alle Fälle. Er sei in spätestens eineinhalb Stunden zurück. Lou erklärte ihm noch, wo die Tabletten zu finden seien: im Badeschrank, links neben der Zahnbürste. Er ging weg, sie blieb mit ihrer Angst zurück. Ihr Handy war immerhin vier Meter vom Bett weg; in ihrer Jacke, die über einer Stuhllehne hing.

Ungefähr zur gleichen Zeit erreichte Philipp die Rezeption des Louis-Pasteur-Instituts. Stellte sich als Kollege von Louise de Labussière aus Berlin vor. Müsse sie dringend sprechen, worauf die Rezeptionistin in Lous Abteilung anrief und eine Kollegin kurz danach in den Empfangsraum kam.

Philipp erklärte dieser Erica, dass er mehrmals versucht habe Louise zu erreichen, doch nie eine Antwort bekäme. Hier im Pasteur Institut, sagten sie ihm, würde man auch nicht wissen, wo sie steckte.

»Wir machen uns auch Sorgen, das können Sie mir glauben. Seit zwei Tagen meldet sie sich nicht. Ist sonst gar nicht ihre Art. Wir haben auch schon überlegt, die Polizei … oder zu ihrer Wohnung …«

»Also los, worauf warten wir. Das Taxi steht noch draußen.«

»Muss aber kurz François anrufen …«

Wenig später waren beide bereits auf dem Weg in die Rue Duroc 15, 3. Stock.

Die Concierge rückte mürrisch raus, dass vor ein paar Minuten schon jemand zu Mme de Labussière in die Wohnung wollte. Ob das denn jetzt hier ein Taubenschlag sei? Ob dieser jemand noch oben im 3. Stock sei, wollte Phil dagegen wissen, worauf die Alte meinte: »Darauf können Sie wetten. Oder er ist oben aus dem Fenster gesprungen. Aber dann hätte ich es ja draußen klatschen gehört.«

Phil und Erica schauten sich an. Sie wolle lieber *La Police* rufen. Es sei besser, hier unten zu bleiben, meinte Erica. Doch Phil hielt es auf den Stufen nicht mehr aus. Er rannte die Treppen hoch. Oben im dritten Stock stand die Tür offen. Geräusche drangen nach draußen. Phil ging heftig atmend rein, sah einen Typen gerade aus dem Bad kommen. Er war groß, hatte dunkle Haut, trug eine schwarze Lederjacke, schwarze Jeans. Es war Baptiste, der im ersten Moment verdutzt ein paar Schritte zurückwich, als er Philipp sah.

»Was machst du hier?«, fragte Phil.

»Wer bist du?«

»Phil. Ein Freund von Louise. Und du?«

»Ich auch. Baptiste, wenn's recht ist. Bringe ihr nur ihre Medizin. Sonst noch was? Muss los.«

»Was hat sie? Wo ist sie?«

»Diabetes 2. Ist bei mir. Lass mich jetzt durch, ja!«

Phil wich zurück. Baptiste trat aus der Wohnung in den Hausflur hinaus. Philipp ging ihm hinterher.

»Hey. Ihr Boss muss sie dringend sprechen. Ist verdammt wichtig wegen ihres Projektes. Sie soll sich m...«, schrie Phil noch die Treppe hinunter.

»Ist gut. Ich sag's ihr. Sie meldet sich heute«, rief Baptiste zurück.

Unten angekommen – Baptiste hatte das Gebäude schon verlassen, setzte sich gerade auf seinen Roller –, fragte Phil die Concierge, wem das Mofa da draußen gehören würde. Er wolle dem Typ nachfahren. Traue ihm nicht. Die Concierge lachte.

»Is meins.«

»Könnten Sie es mir ...«

»Macht aber 100 Euro. Klar?«

»Erica, würdest du so nett sein ...«

Erika nickte, zückte ihr Portemonnaie. Die Alte kramte freudig den Schlüssel fürs Mofaschloss aus ihrer Schürze, Phil nahm ihn und rannte hinaus auf den Innenhof. Das Mofa sprang glücklicherweise nach dem zweiten Treten an. Alte Technik, Gott sei Dank, dachte Phil. Er fuhr aus der Einfahrt. Baptiste war schon weit vorne an der Ampel, doch sie war rot, verschaffte Phil etwas Zeit. Leider war Baptistes Roller aber deutlich schneller, so verlor Phil bei Grün wieder viele hundert Meter. Doch solange er Baptiste noch sehen konnte, bestand kein Grund zu Pessimismus. Der kam erst auf, als Phil auf die Tanknadel starrte. Nur noch eine viertel Tankfüllung. *Er wird ja wohl nicht an den Pariser Stadtrand fahren.* Fuhr er leider doch. Die Fahrt, vorbei an Ampeln, an unzähligen Gebäuden, geparkten Fahrzeugen links und rechts, Passanten mit Hund oder auch ohne, mit Einkaufstüten oder auch ohne, wollte kein Ende nehmen. Die Häuser wurden immer grauer, phantasieloser. Keine Jugendstilfassaden mehr, keine Belle-Epoque-Fronten, keine Mintfarben, keine fein ziselierten Balkonbalustraden, nicht einmal mehr die von Facility-Management-Firmen so geschätzten grässlichen Glasbunker, nur noch diese monotonen Betonklötze. Plattenbauten à la Française. Die Autos am Straßenrand wurden immer älter, die Fußgänger immer vermummter, dunkelhäutiger, gebückter. Vive la Ghetto. Bienvenue à l'injustice.

Apropos, das Mofa der Concierge war kurz davor, den Geist aufzugeben, stotterte mehr, als es fuhr. Nur dieser verdammte Roller von Baptiste schien Sprit ohne Ende zu haben. Doch manchmal schien es selbst im Ghetto so was wie Glück zu geben. Baptiste hielt plötzlich an, circa dreihundert Meter von Phil entfernt, der mittlerweile das Mofa am Straßenrand abgestellt hatte. Phil lief rasch auf das riesige Gebäude Nr. 19 zu, vor dem Baptiste stand und nach seinem Schlüssel in der Jackentasche suchte. Während Phil sich Baptiste näherte, wählte er Lous Büronummer, gab einer dortigen Kollegin die Straße durch, damit die Polizei wenigstens einen Anhaltspunkt hatte, wo er sich befand. Als er den Straßennamen nannte, hörte er am anderen Ende nur: »Oh, mon Dieu, dort sind Sie. Verdammt gefährliche Gegend. Gehen Sie bloß nicht in eines der Gebäude. Letzte Woche sind dort drei Menschen in der Nähe erschossen worden. Im Hausflur! Warten Sie, bis die Polizei da ist.« »Jaja«, sagte Phil.

Was man halt so sagt, wenn man die Tür gerade noch erwischt hatte, bevor sie wieder ins Schloss fiel. Baptiste war schon im Aufzug verschwunden. Fünfter Stock war laut Aufzugsdisplay sein Ziel. Der zweite Aufzug war defekt. Phil dachte: Fuck, jetzt auch noch Treppenhaus. Wenn er oben war, woher sollte er wissen, hinter welcher der Türen dieser Baptiste ... hinter welcher der Türen Lou steckte? Was, zur Hölle, machte sie nur mit so einem Typ in so einer Gegend, hämmerte es in seinem Kopf, während er die Treppenstufen nach oben hetzte.

Kaum hatte er oben die Tür zum fünften Stockwerk aufgezogen, war gerade ein paar Schritte in den Flur gelaufen, da ging plötzlich neben ihm die Aufzugstür des angeblich defekten Aufzugs auf, eine Gruppe maskierter Männer mit MPs betrat den Flur, sah Phil, einer von ihnen drückte ihn sofort zu Boden. Bedeutete ihm mit Handzeichen, keinen Ton von sich zu geben.

Scheint echt ne Scheißgegend zu sein, dachte Phil, wenn schon bewaffnete Einsatzkommandos durch die Häuser stürmen. Es waren sechs Mann. Der, der ihn am Boden festhielt, flüsterte zu Phil: »Opération spéciale. Kidnapping. Compris!«

Phil flüsterte zurück: »Louise de Labussière? Est-ce que le noir a kidnappé Louise?« (Ist Louise von dem Schwarzen gekidnappt worden?)

»Vous la connaissez?« (Sie kennen sie?)

»Oui. Je suis un ami de Louise. Le noir allait chercher des medicaments de son apartement. Il pense que je suis un collegue de Louise. J'ai poursuivi le mec secrètement jusqu'ici.« (Ich bin ein Freund von Louise. Der Schwarze hat vorhin Medikamente aus ihrem Apartment mitgenommen. Er denkt ich bin ein Kollege von Louise.

Ich bin ihm heimlich gefolgt.) Dann gab der Typ der Spezialeinheit einem anderen ein Stoppzeichen. Daraufhin blieben auch die anderen stehen. Gingen in die Hocke.

Einer schlich zurück zu Phil und dem Typ, der ihn immer noch festhielt.

»Quoi?«

»Il connait Malagné et la victime.«

Der Einsatzleiter robbte näher zu Phil und dem Kollegen. Die beiden vom Einsatzkommando beratschlagten sich. Phil bekam nur so viel mit, dass das Risiko wohl geringer sei, wenn er selbst Malagné (Baptiste) an die Tür locken würde. Überraschungseffekt, Türe eintreten … außerdem wisse Mme de Labussière Bescheid, wisse, wie sie sich verhalten solle. Phil horchte auf. Woher Louise denn Bescheid wisse, dass sie kommen würden, fragte er den Einsatzleiter. Louise habe mit ihrem Handy die Gendarmerie angerufen, die dann sie verständigte, antwortete er. Die Frage sei jetzt nur, unter welchem Vorwand Phil diesen Baptiste an die Tür locken könnte, gab der Typ neben Phil zu bedenken. Phil überlegte kurz, meinte leise, er sei Baptiste nachgefahren, das Mofa stehe ja unten vor dem Haus an der Laterne, was Baptiste vom Fenster aus nachprüfen könne. Er brauche von Louise dringend den Zugangscode zu ihrem Computer, wegen den Unterlagen, die ihr Chef heute präsentieren müsse. Die beiden vom Einsatzteam schauten sich an, nickten. Sobald Baptiste ihm den Code von Louises Computer durch die Tür gegeben habe, solle er sich ducken, sich zur Seite rollen, dann würden sie die Tür stürmen … Einer der Einsatzkräfte klebte noch ein kleines viereckiges Metallgehäuse auf den Türspion, so dass man von innen nur ein eingeschränktes Sichtfeld hatte, die Einsatzkräfte seitlich somit nicht zu sehen waren. Plötzlich vibrierte es in Philipps Hosentasche. Reflexartig griff er nach seinem Smartphone, zog es heraus. Im Display seine Mutter. Er drückte auf *Hi, melde mich später.* Doch im nächsten Moment vibrierte sein Smartphone schon wieder. Der Einsatzleiter, auch der Rest des Teams schauten, als ob er nicht mehr lange zu leben hätte, wenn er dem Ding nicht sofort *Shut the fuck up* klarmachte. Ein Knopfdruck von Phil genügte, danach sahen alle wieder etwas entspannter aus.

Philipp ging zur Tür, drückte die Klingel. Von drinnen waren Schritte zu hören. Dann auf Französisch: »Wer ist da?«

»Ich bin's, Phil. Tut mir leid, Baptiste, dich zu stören, aber ich brauche dringend von Louise den Zugangscode zu ihrem Computer, wegen den Projektunterlagen. Brauche sie heute Nachmittag unbedingt zur Präsentation.«

»Hey Mann, woher weißt du, wo ich wohne?«

»Bin dir nachgefahren. Aber du warst zu schnell. Kannst ja aus dem Fenster schauen, unten steht mein rotes Mofa.«

Wieder waren Schritte zu hören. Baptiste kam nach wenigen Augenblicken wieder an die Tür.

»Hey, du bist nicht Franzose, was?«

»Nein, komme aus Berlin. Louise und ich arbeiten im gleichen Institut. Hast du den Code … jetzt?«

»Hey, Berlin. Warum hast du das nicht gleich gesagt? Warte, einen Moment. «

Philipp hörte wieder Schritte. Dann ging die Tür einen Spalt weit auf. Baptiste reichte ein Stückchen Papier hindurch. Wollte danach die Tür wieder schließen. Doch im nächsten Moment stießen die Einsatzkräften mit einer Spezialstange die Tür ein, bei gleichzeitigem

Einsatz von Blendgranaten. Baptiste krachte hinter der Tür zu Boden, zwei aus dem Team hielten ihn am Boden fest, zwei andere richteten ihre Waffen auf ihn. Der Rest des Einsatzkommandos stürmte ins hintere Zimmer zu Lou und befreite sie von ihren Fesseln.

Draußen auf dem Flur saß Philipp, hielt das Stückchen Papier in der Hand, las leise den Code.

»EWAPHIL&LOU16«

Dann fiel ihm seine Mutter wieder ein. Er machte sein Smartphone an, klickte auf ihre Nummer und entschuldigte sich erst mal. Doch ihr Anruf sei in dem Moment ungefähr so ungünstig gewesen wie bei einer Entführung, wenn der Täter kurz vor der Verhaftung stünde. Seine Mutter musste kurz lachen, kam dann aber gleich zur Sache. Sie brauche dringend eine bestimmte Nummer aus ihrem iPhone, sei sehr wichtig für eine Operation, sie müsse unbedingt einen Kollegen auf seiner Privatnummer erreichen, doch ihr Ding sei irgendwie tot. Sie habe bereits alles versucht. Ladekabel an – obwohl der Akku noch halb voll gewesen sei –, Ein/Aus-Taste gedrückt, doch nichts habe geholfen. Philipp bat sie um einige Minuten Geduld, er werde sie gleich zurückrufen, müsse dazu im Netz erst was recherchieren. Dabei hatte er keinen blassen Schimmer, ob er dazu im Netz was finden würde. Er entschied sich, in die berühmte Suchmaschine eine einfache Frage einzugeben: *Was tun, wenn das iPhone total tot ist?* Siehe da, auf Seite zwei der Trefferanzeigen blinkte auf einmal die Antwort eines Nerds in einem Forum auf. »… durch das Benutzen einer nicht autorisierten Musik Streaming App kann es zu einem tiefen Sicherheitsabsturz kommen. Die einzige Chance, das Ding wieder in Gang zu bringen, ist …«

»… das iPhone mit dem Ladekabel direkt an deinen Mac anzustöpseln, dann im Mac iTunes hochzufahren und dann einen beliebigen Song abzuspielen. Hast du das?«

»Ja, probier's gleich mal. Moment. Es fährt gerade hoch. Wahnsinn, es funktioniert. Du hast vielleicht gerade einem Menschen das Leben gerettet.«

»Kommt mir irgendwie bekannt vor.«

»Wie? Kommt dir irgendwie bekannt vor? In was für einer Sache steckst du jetzt wieder drin?«

»Lange Geschichte, Mom. Erzähl ich dir später mal …«

»Aber vergiss es nicht. Du weißt, ich bin deine Mutter …«

»Wie könnte ich das nur vergessen.«

Herbstblätter rieselten auf das Trottoir. Es war mittlerweile Abend geworden. Auf dem Balkon von Philipps Hotelzimmer reichte Lou ihm ein weiteres Whiskeyfläschchen vom nahen Tisch. Vier hatten beide schon runtergekippt. Lou nahm sich ebenfalls noch eins, prostete ihm zu.

»Du scheinst ja ganz schön auf mich abzufahren. Kommst extra nach Paris und rettest mich vor diesem Verrückten.«

»Wär's dir lieber gewesen, ich wäre zu Hause geblieben?«

»Nein, definitiv nicht. Weiß bloß nicht, was das mit uns werden soll?«

»Du meinst, ob du, wenn du mit mir … auch noch Frauen …? Also, diese Carolina meinte ja, du stehst voll auf mich.«

»Ah ja, sagt sie das? Überhaupt, woher kennst du Carolina?«

»Berlin, denken dort alle, ist 'ne Großstadt, dabei ist es nur eine Ansammlung von Dörfern mit fünfzig Kilometer Ausdehnung. Keine

Angst, ich hab's nicht so mit Einengen. Bin eher ein Anhänger des Gummibands.«

»Da bin ich aber gespannt?«

»Zwei legen sich ein unsichtbares Gummiband zu, was sie immer verbinden wird, was nicht wie ein kurzer Strick einen daran hindert, neue Erfahrungen zu sammeln, wenn einer mal mehr Raum braucht. Hauptsache ist, die zwei finden immer wieder zurück, wissen, was sie aneinander haben.«

»Hört sich verlockend an. Du meinst, wir zwei könnten so was hinkriegen?«

»Käme auf den Versuch an.«

»Sag mal, sollten wir nicht Ewa in Polen …«

»Daran habe ich auch schon gedacht. Ihr wenigstens die letzte Ehre erweisen … Klingt irgendwie blöd, das mit der letzten Ehre. Sie war ja schließlich keine Soldatin.«

»Aber gekämpft wie eine hat sie. Wenn auch ziemlich alleine.«

»Wie meinst du das? Alleine?«

»Bekam vor zwei Tagen diese Mail von ihr …«, sagte Lou.

»Wie jetzt? Mit verzögertem Absende-Datum?«

»Exakt, zwei Monate nach ihrem Tod. Ist doch merkwürdig, oder?!«

»Kann ich mal sehen?«

Phil klickte die Mail auf. Erstelldatum tatsächlich 30.8.2014.

»Hallo Ihr Zwei!
Wenn Ihr das lest, schau ich schon von oben zu. Hoffe ich doch
zumindest. Sicher cool da oben. Obwohl, ehrlich gesagt, ein
paar Jahre mehr bei euch hätten es schon sein können. Aber

wenn ihr meine Schmerzen gehabt hättet, dann ..., als wenn dir
einer den Kopf von innen auffrisst. Alles Weitere erfahrt ihr in
meinem Brief, der in Polen auf euch wartet. Geht in mein altes
Zimmer, an der Schreibtischunterseite ist ein Briefumschlag
befestigt. Dann werdet ihr verstehen, wieso ich ...
P.S.: Macht's gut, ihr zwei. Ich liebe euch.
EWA«

Philipp legte das Handy beiseite, trank seinen Whiskey leer und blickte Lou an.

»Wieder mal so EWA! Sie und ihre kleinen Geheimnisse«, sagte Phil. »Waren ihr wohl sehr wichtig. Wie sagte sie immer? Geheimnisse sind die Währung einer langen Beziehung. Sind keine mehr da, ist die Beziehung bankrott.«

»Ihre größte Sorge war wohl Monotonie in ihrem Leben. Was konnte sie davor bewahren, wenn nicht Geheimnisse zu entdecken. Wobei ich mich frage, was sie dann an mir fand. Viel Geheimnisvolles an mir gibt es schließlich nicht«, sagte Phil.

»Würde ich nicht sagen. Mich würde schon interessieren, ob du jemals bei 'ner Frau, die dir gefiel, abgeblitzt bist? Oder hast du sie immer alle rumgekriegt?«

»Na alle, was denkst du denn?«

»Wie steht's bei dir mit treu sein? Ich meine, so richtig treu sein, ohne das Gummiband ständig dehnen zu müssen?«

»Bist wohl schon ...?«

»Hat verdammt weh getan, wenn du erfährst, das dein Typ jahrelang ne Doppelbeziehung geführt hat. Also, was ist jetzt mit dir, bist du treu oder nicht?«

»Ich bin treu. Und so ein Gummiband hilft da ganz gut. Zu wissen, dass man mal könnte, ohne die Beziehung zu riskieren, führt ja gerade zum Gegenteil.«

»Du meinst, der Reiz des Verbotenen fällt weg? Aber angenommen, die Anziehung zu jemand anderen ist so stark ...«

»Dann passiert es eben, man hält die Klappe und gut ist. Sollte halt nicht allzu oft passieren, sonst stimmt was nicht in deiner Beziehung. Und du solltest dich fragen, ob er oder sie überhaupt der Richtige ist ...«

»Klingt ja schwer entspannt, aber auch schwer nach *Happy '68*, findest du nicht?«

»Mag sein. Aber ihr Ansatz damals war richtig. Bloß haben zu viele von denen zu viel Schrott geraucht, vor lauter Dreams nicht mehr gecheckt, welche große Chance sie hatten.«

»Noch 'n Whiskey?«, fragte Lou.

»Klar. Übrigens, wenn du's genau wissen willst, bin bei der Liebe auch schon mal ziemlich gegen die Wand gefahren«, sagte Phil.

»Ach ja?«

»Mit 18. Zwei Jahre denkst du, das ist die wahre Liebe ... dann erfährst du, dass sie eigentlich total auf Frauen abfährt, dich nur benutzte, um ihre Freundin eifersüchtig zu machen.«

»Krass!«

»Manchmal denke ich, das hängt mir heute noch nach ...«

»Mein Therapeut würde sagen, gute Grundlage für 'ne Beziehungsphobie.«

»Kennst dich aus?«

»Worauf du wetten kannst. Warum glaubst du, hatte ich in den letzten Jahren so gut wie keine Beziehung mehr?«

»Da haben sich ja die Richtigen gefunden.«

»Glaubst du an Zufälle?«, fragte Lou.

»Nö. Nichts fällt einem zu, höchstens auf.«

»Klugschießer«, sagte Lou.

»Du meinst Klugscheißer«, sagte Phil.

»Sag ich doch«, sagte Lou.

Danach ging's von Paris nach Berlin und weiter nach Posen. Oder, wie Philipp es ausdrückte, als beide zum ersten Mal die alte Kirche auf dem Posener Marktplatz sahen: von der Belle Époque zur Gründerzeit und dann weiter zum Barock.

Es vergingen keine drei Stunden, da standen die beiden vor Ewas Grab. Nur ein einfaches Holzkreuz mit ihrem Namen, ein paar frische Blumen. Die hatte ihre Schwester heute Morgen dort in eine Vase gestellt. Man müsse noch ein paar Monate warten, meinte sie, bis sich das Grab abgesenkt habe, dann komme der schöne Grabstein und dann …

Ewas Schwester fing wieder an zu weinen. Sie könne es immer noch nicht glauben, Ewa sei doch noch so jung gewesen, das ganze Leben habe doch noch vor ihr gelegen. Das sei einfach nicht fair. Jaros nahm seine Frau tröstend in die Arme. Auch Lou war froh, als Phil ihr in dem Moment den Arm um die Hüften legte.

Nachdem alle später ihren Kuchen aufgegessen hatten, gingen Phil und Lou in Ewas altes Kinderzimmer, fanden den Brief unter ihrem Schreibtisch. Lou meinte zu Weronika, sie wolle nochmal zum Grab, wolle den Brief erst dort lesen. Wenn sie wieder zurück seien, dann könne sie den Brief ihrer Schwester gerne haben. Weronika nickte und nahm Lou in den Arm.

Eine gute Viertelstunde später standen Lou und Phil wieder vor Ewas Grab. Lous Hand zitterte, als sie den Briefumschlag vorsichtig aufmachte. Mit leiser Stimme begann sie zu lesen.

»Lieber Phil, liebe Louise,
Gleich werdet ihr beide erfahren, warum alles so kommen musste. Warum Louise deine WG-Partnerin ... und ich hoffe inzwischen auch mehr geworden ist. (Lou schaute zu Phil.) Warum mein Tod kein Unfall war ... Alles fing an, ungefähr drei Wochen, bevor Louise nach Berlin kommen sollte. Meine Schmerzen im Kopf wurden immer stärker, so dass ich mich entschloss zu einem Spezialisten zu gehen, der mich auch gleich zu einem Kollegen in die Charité beorderte. Dort erfuhr ich nach mehreren Gehirnscans, dass ich einen inoperablen Tumor im Kopf hatte. Der Doc meinte, selbst mit dem neuesten Verfahren der Nanotechnologie bestünde keine Chance mehr für mich. Der Tumor säße zu tief und hätte schon zu viele Tochtergeschwulste gebildet. Ich fragte dann den Doc, wie viel Zeit mir noch bliebe, er meinte, im günstigsten Fall noch drei Monate. Klar, war ich geschockt und wütend. Doch mir wurde schnell klar, dass ich handeln musste, wegen Phil, meiner großen Liebe. Dich alleine lassen, Phil, ist dabei das schlimmste. Du hast wohl dasselbe Problem wie ich. Beziehungsphobie! Ausgelöst durch unsere Kindheit. Das ungewollte Einzelkind und das ungewollte Nesthäkchen. Ich wollte für dich jemand finden, der dich versteht, so wie ich. Jemand, der loslassen kann, wenn die Nähe zu groß wird, der aber auch da ist, wenn Nähe dringend nötig wird. Doch woher

sollte ich diese Frau nehmen. Da kam Matt eines Tages mit der Bitte, ihm bei der Auswahl einer passenden WG-Bewohnerin behilflich zu sein. Ein Geschenk des Himmels. Obwohl, es gab ja unzählige tolle Frauen, die sich auf eure Anzeige gemeldet hatten. Von Stockholm, Wien, New York, Barcelona und eben Paris. Das Foto von dir, Louise, fiel mir gleich auf. Irgendetwas in mir sagte, schau sie dir genauer an. Das tat ich dann. Bin extra an einem Wochenende nach Paris gefahren, hatte dich dort heimlich beobachtet (Louise riss die Augen auf und schaute Phil an, der auch irritiert schien). Hatte mich bei der Concierge über dich erkundigt. Sie wusste viel und ihr Schweigen war mir sicher, als ich ihr meinen Plan erzählte. Wobei sie am Ende weinte, weil sie so etwas noch von keiner jungen Frau jemals gehört hatte: » ... Da will dieses hübsche Ding eine gute Frau für ihren Freund finden, weil sie bald sterben muss ...«

Lou hielt kurz inne: »Madame Petit ... Und ich habe ihr noch alle meine Dramen erzählt.«
Phil: »Lies weiter, bitte.«
Lou nahm den Faden wieder auf.

» ... So viel war mir nun klar, auch du, Louise, hattest ein gewaltiges Problem mit Männern, nachdem du so enttäuscht worden warst in deinem Leben, aber ich wusste, du hattest auch die nötige Sensibilität, mit meinem Phil richtig umzugehen. Als du dann bei Phil morgens aufgetaucht warst, musste ich nur noch checken, wie offen du beiden Geschlechtern gegenüber

bist, denn das wird euch beide ein cooles Beziehungsleben schenken, glaubt mir das ruhig. Der Besuch im Palace mit dir, Louise, hatte ja dann alle Zweifel beseitigt. Dass ich danach beschloss, dass es nun an der Zeit war, zu gehen, bitte verzeiht, aber ich konnte nicht mehr warten, bis mir dieser verdammte Tumor langsam das ganze Gehirn auffraß und ich am Ende nicht mehr ich selbst sein würde. Dahinvegetieren auf einer Krankenstation, das wollte ich nicht, das wollte ich auch Phil nicht antun. Ich wusste, bei Rot über die Ampel zu gehen, da würde der Tod wenigstens schnell sein. Ich hoffe, ihr werdet mir meine Entscheidung jemals verzeihen und denkt nicht schlecht über mich. Manchmal ist das Leben eben ein verdammter Verräter. Fangt nun beide euer gemeinsames Leben an, vergesst die kleinen Geheimnisse nicht und vergesst mich nicht, denn ich werde euch nie vergessen, da, wo ich jetzt bin.

In ewiger Liebe, Eure EWA«

Lou sank auf die Knie, lies den Brief aus ihren Händen gleiten. Sie fing an zu weinen, griff immer wieder mit ihren Händen in die feuchte Erde vor Ewas Grab, schluchzte dabei: »Warum? Warum? … Verdammt!«

Phil kniete sich daraufhin dicht neben sie. Er legte den Arm um ihre Hüften, Lou lehnte ihren Kopf an seine Schultern. Dann schaute sie Phil an: »Glaubst du, du könntest es ne Weile mit mir aushalten?«

»Absolut«, sagte Phil.

»Auch länger?«

»Auch länger! Viel länger!«

»Es gibt also Hoffnung?«

»Ist doch das Einzige, was uns bleibt in dieser Welt.«

Dann küssten sich beide lang und innig. Schienen nicht zu bemerken, wie die Sonne noch einmal Ewas Grab bedeckte, als wolle sie von dort noch ein letztes Mal die Liebenden betrachten, bevor sie dann für immer hinter einem Baum verschwand.

Zeitfracht Medien GmbH
Ferdinand-Jühlke-Straße 7
99095 Erfurt, Deutschland
produktsicherheit@kolibri360.de